わたし以外とのラブコメは許さないんだからね

4

羽場楽人
ill.イコモチ

CONTENTS

著／羽場楽人　イラスト／イコモチ　デザイン／たにごめかぶと（ムシカゴグラフィクス）

これぞ夏。
ほんとうに来て良かった。

わたし以外とのラブコメは許さないんだからね 4

羽場楽人
ill. イコモチ

第一話　愛が深まる両想いの夏

『ねぇ希墨、まだ起きている？』

「……起きてるよ」

『声、すごく眠そう』

「そりゃ夜もだいぶ遅いからな」

夏休みのいいところは夜ふかしできるところだ。

ヨルカと会えなかった日も、頻繁にメッセージのやりとりをしている。どんなに他愛のない内容でも、好きな人と文字で会話しているだけで楽しいものだ。

夜になって寝る時間になっても、物足りない時はヨルカから電話がかかってくる。

顔が見えなくても、耳元で感じる恋人の声から、どんな表情をしているのかすぐに想像がついた。

夢中で話しているうちに気づけば数時間。時計の針は深夜二時を回っていた。

スマホの本体は熱くなり、俺もさすがに眠い。

『わたしとのおしゃべり、つまんない？』

「超楽しいよ。楽しいけど、睡魔が」

欠伸が出そうになるのを必死にこらえる。

『だって明日もデートしたかったから』

「アリアさんと久しぶりに出かけるんだろ。先約蹴って、俺を優先するわけにもいかんだろ」

『でも、希墨はわたしの恋人だし』

「………」

『希墨？　聞こえてた？』

「ちゃんと聞こえてる。録音したいから、もう一回言って！」

耳元が急に沈黙する。

電波状況でも悪くなったのか、と俺はスマホを耳から離す。

すると画面にヨルカの顔がいきなりアップで表示された。

ビデオ通話に切り替えたようだ。

部屋の電気は消されており、枕元の間接照明のやさしい光にヨルカの顔が照らされている。

ヨルカもベッドの上でずっと話していたようだ。

夜も遅いからパジャマ姿。パステル調の淡い色をしたパジャマはガーリーな印象。大人っぽいヨルカとのギャップが新鮮でかわいらしい。袖の長さは程よいが緩めのパジャマだから襟首はかなり開いている。にも拘わらず胸元だけはやや窮屈そうだ。

『これで少しは眠気も覚めた？』

俺はベッドから上半身を起こして、画面を食い入るように見つめる。

「覚めた！　もうばっちり！」

『正直な人』

「瀬名希墨という男をわかってるから、素敵なパジャマ姿を見せてくれるんだろ？」

俺の視線が向く先に気づいたヨルカは、慌てて掛け布団を引き寄せて自分の胸元に被せた。

「夏だし暑いだろ？　もっと楽にすれば」

『お生憎様。クーラーが効いてるから快適よ』

ヨルカは唇を尖らせる。

「ヨルカはまだ眠くないの？」

『平気。明日会えないぶん、希墨ともっと話したくて』

「俺もだよ」

『さっきまで眠そうだったくせに』

「電話の声と実際のコンディションが同じとは限らないから」

『嘘つき』と言いながらヨルカは笑う。

「……なんか幸せ」

俺はふいに胸を満たす幸福感をそのまま告げる。

『わたしも』

「楽しいな、夏休み」

『楽しいね、夏休み』

俺もヨルカも声を揃えて笑った。

好きな人と時間を気にせず、好きなだけ語り合える。

俺達は現在、高校二年の夏休みを満喫中だった。

昨夜は結局ヨルカが寝落ちして電話は終わった。

途中で横になったと思ったら返事が鈍くなり、瞼が落ちるのはあっという間だった。

画面越しにヨルカのかわいらしい寝顔をしばし眺めてから、俺はそっと電話を切った。

たっぷり夜ふかしをしたが、明日というか今日は特に予定らしい予定もない。がっつり寝坊をするとしよう。そう決めて、俺は眠りについた。

「きすみくん、おはよう！　お腹空いた！」

妹の映が俺のベッドにダイブしてきて、無理やり起こされる。夏休みでも容赦はない。

睡眠時間は体感的にはほぼ一瞬。重たい瞼を開けると、映の笑顔が目の前にあった。

「起こすにしても、ふつうに起こせ。あとお兄ちゃんと呼びなさい」

寝不足な上に寝起きだから、自分の声がかなり低い。喉も渇いている。

「映ね、今日は目玉焼きな気分！　もちろん半熟ね」

フリーダムな妹はこっちの話も聞かずに、一方的に目玉焼きの焼き加減を指定してくる。

「映。おまえはもう小四なんだから料理のひとつくらい覚えたら？」

「きすみくんに作ってもらうのが好きなの」

いまだベッドで寝たままの俺を下敷きにして動こうとしない映は、無邪気に答える。

中身はまだまだお子様な小学生なのだが、映の外見は年齢のわりに大人っぽい。

「その甘え上手も相手だけは選べよ」

「？　きすみくんだけだよ」

妹は不思議そうな顔でこちらを見てくる。

「大人になってもな」

「大人になったらこんなことしないよ」

こいつ、確信犯らしい。

「はぁ。半熟でいいんだな」

「わーい、やった！」と映はようやく俺の上からどいた。

「きすみくん、はやくしてね！」

要望を伝え終えると、映はさっさと俺の部屋を出ていった。

時刻は十時すぎ。眠気はまだ残っているが、最低限の睡眠はとれただろう。

俺は二度寝を諦めて、まずは洗面所へと向かった。


ふたり分の遅めの朝ごはんを作って、俺も一緒に食べる。

TVを見ていると現在公開中のファミリー向け映画のCMが流れてきた。

全世界でメガヒット、フルCGのアニメーションは、子どもも楽しめ大人も泣けると評判の話題作だ。映画ランキングでも一位になっていた。

「きすみくん、暇でしょ？　この映画観に行こう！」

「暇じゃない」

「家でダラダラしてるだけなのに？」

「存分に休みを満喫してるんだ」

「なにが違うの？」

元気のありあまっている小学生は、訳がわからないという顔でこちらを見てくる。

「いいか、映。俺には今ヨルカという恋人がいるんだ。今日はたまたまヨルカと都合が合わなかったから、暇に見えるだけだ」

「映だってお友達とお泊まり会する予定あるもん！　今日だけ、たまたまだもん」

「俺に張り合うなって……」

なにかと対等になりたいお年頃である。

「ヨルカちゃんにデート断られたから家にいるんでしょ。だから映が付き合ってあげるよ」

「だるい。今日は外暑いし」

「いつもヨルカちゃんと出かける時は元気じゃん」

「そりゃ恋人とデートするのと、妹と出かけるのは違うし」

「映画観たい！　観たいの！　きすみくんと観たい！」

自分の都合で駄々をこねる映。

いつものことだから目くじらを立てるつもりはないが、もう少し大人になってほしいものだ。

「わがまま言うな。映も遊んでばかりいないで夏休みの宿題くらいしたらどうだ」

夏休みに入り一週間。宿題に一切手をつけていない自分のことは棚上げにする。

「宿題ならもう終わらせたよ」

「え、ぜんぶ？　ドリルやプリントに読書感想文も？　まだ八月になってないのに」

「うん。あとは日記だけ」

「そ、そうか」

映は性格が子どもっぽいくせに、学業面では要領もよく学校の成績がいい。

通知表も毎度オール5で、うちの両親は大層喜んでいた。

「きすみくんは？」

「え？」

「きすみくんも夏休みの宿題終わらせたから、のんびりしてるんだよね？」

「えーっとだな。俺は文化祭の準備とかで学校にも行ってるから」

「映も習い事あるけど、ちゃーんと終わらせたよ」

我が妹は勝機を見出したらしく、ここぞとばかりに突いてくる。

「小学生と高校生じゃ量も質も違うから」

「映、お兄ちゃんと映画を観に行きましたって今日の日記に書きたいな。一日中ゴロゴロしていましたって書くのは恥ずかしいもん」

「俺の情報はいらなくない？」

勝手に家族の個人情報を外部に漏らさないでくれ。

「ママにはきすみくんは真面目に勉強してたって伝えるから。ねぇ、お願い！」

「……わかったよ、連れていく。その代わり、母さんのスパイはやめろ」

妹の脅し、もといトリッキーな甘え方に負けた俺は、妹と映画に行くことになった。

スマホで近場の映画館を検索し、上演時間を調べる。

朝食の後片づけを済ませて家を出れば、ちょうどいいぐらいの時間の上映回があった。

「じゃあチケット二枚とるぞ。いいな？」

「オッケー！　早く行こうよ！」

ということで、俺達は新宿の映画館まで繰り出すことにした。

自室で外出用の服に着替える。

窓の外は夏の日射しがギラギラと輝いている。冷房の効いた室内を出るのは若干億劫だ。

せっかく予定のない日なのだから、ほんとうは家でのんびりしたかった。

どうせなら部屋の隅でうっすらとホコリを被ったギターの練習をするのも悪くない。去年気まぐれに買ってみたが、思い出しては触る程度。興味はあるけど毎日練習するほど熱中することはなかった。残念ながら音楽的な才能はないようなので、上達したければ真面目に練習するしかない。

あるいは机の上に積み上がった夏休みの宿題に手をつける――のはまだいいだろう。夏休みがはじまってまだ一週間。慌てるような時期でもない。

「きすみくん、まだ？　はやく行こうよ！」

妹に急かされて俺は部屋を出た。


自宅から地元の駅まで歩いて、電車で新宿駅まで移動。

駅舎を出ると猛暑にも拘わらず大勢の人が出歩いていた。ジリジリと照りつける日射し、アスファルトからの容赦ない放射熱。熱い空気をかき分けるように歩く感覚は、いかにも都会の夏だ。わかっていてもやっぱり暑い。

映が気の向くままに目移りして迷子にならないように、映画館まで念のため手を繫ぐ。

ようやく映画館に入ると、空調の効いた涼しい館内にほっと一息をつく。

事前にネットで買っておいたチケットを発券。夏休み中の学生なので平日の昼間でも鑑賞できるのがちょっとした優越感である。座席も運よく劇場の真ん中をとれた。

先にトイレを済ませて、ふたり分の飲み物とポップコーンを買ってスクリーンへと向かう。

ふたり並んで着席。

天井にまで届く大スクリーンには、今は宣伝や注意喚起の映像が映し出されている。

「きすみくん、映画がはじまる前にスマホの電源はちゃんと切らなきゃダメだよ」

「わかってるって。ただ、ヨルカに連絡だけさせろ」

「ヨルカちゃんとほんと仲良しだねぇ」

「まぁな」と俺は館内が暗くなる前にヨルカへ手早くメッセージを送る。

希墨：妹と映画館に来てる。

これから二時間くらい返事できないのであしからず。

恋人からの連絡にはできる限りすぐに対応する。

あらかじめそれが難しいとわかっている時は先に伝えておく。

それが瀬名希墨にとって、もはや揺るぎない鉄の掟となった。

連絡を取り損ねた時に限って、トラブルばかり発生する一学期を経て、俺は心底懲りた。

深く反省し、とにかくメッセージだけはすぐに確認しようと心に決めたのである。

ヨルカ：昨夜は遅くまでありがとう。映画観ながら寝ないでね。

こちらが電源を切る直前に届いた返信に、微笑みが浮かんでしまう。

「きすみくん、もうすぐはじまるよ」

場内の明かりが落ちて、となりの映は期待が高まりすぎて待ち切れない様子だった。

「まだ予告編もあるんだから落ち着けって。はじまったら静かにな」

「はーい」

そして映画がはじまる。

徹底的に計算しつくされた極上のエンターテインメントな二時間だった。

期待以上の出来で、俺はラストのクライマックスで不覚にも泣いてしまったほどだ。

エンドロールが流れはじめ、館内が明るくなるまでには涙の痕跡は消したつもりだった。

だけど俺の涙にしっかり気づいていた映は、「きすみくん、高校生なのに泣いてたぁ」とやけに楽しげにからかってきた。

映画館を出るとまだまだ外は暑い。

建物の屋上に顔を出すゴジラに見送られながら、俺達は新宿の街をぶらつくことにした。

ゲームセンターに立ち寄り、UFOキャッチャーで少々散財したが映の欲しがっていたぬいぐるみは無事にとれた。それから大型書店や服屋を何軒か回っているうちに、日はだいぶ傾いていた。家に帰ってから夕飯を作るのも面倒だからこのまま外食で済ませようかなとぼんやり思っていると、スマホの着信音が鳴った。

相手はヨルカだった。

「ずいぶんタイミングがいいな。映、ちょっとヨルカからの電話に出るぞ」

「ヨルカちゃん⁉　映も話したい！」

「いいから大人しくしてろ」

いろいろ遊んでテンションの高い映が俺にひっついてくるのを無視して、電話に出る。

「もしもし、ヨルカ？」

ヨルカは切迫したような声で挨拶も抜きにいきなり切り出した。

『希墨、助けて。今日の夕飯一緒に付き合って』

声を抑えながらも、やけに慌てているのが伝わってくる。

「どうしたヨルカ、なんかトラブルか？」

『トラブルといえばトラブル。とにかく来てほしいの。今どこ？』

「新宿。俺は構わないけど、映が一緒だから今すぐにそっち行くのは厳しいぞ」

俺だけなら迷わず駆けつけるところだ。

だが、仮にもこじれてる場に小学生の映を同席させるのは気が引けた。

ひとり電車で小学生の妹を帰らせるわけにもいかない。

かといって恋人のピンチに知らんぷりするほど薄情な男でもない。駆けつけるとしても映を一旦家に送り届けてからになる。

『むしろ映ちゃんも同席ＯＫ！　私達も今新宿なの！　ご飯もお姉ちゃんがおごってくれるって言ってるから大丈夫！』

「……えーっと、アリアさんと喧嘩になってるとかじゃないんだな？」

ヨルカらしからぬ圧の強めな誘いに、俺は首を傾げつつ念のため確認する。

『？　お姉ちゃんとはいつも通りよ。そうじゃなくて、もうひとり来るの。その人と顔を合わせるのが、その、なんとなく気まずいのよ。だから希墨にも一緒にいてほしくて……』

電話越しのヨルカは急に歯切れが悪くなる。

その声音から本気で困っているのは間違いない。そんなに会いたくない相手なのか？

アリアさんとも面識があり、かつヨルカが苦手としている人物。

「──神崎先生が来るのか」

『なんでわかるの？』

「そりゃヨルカのことならお見通しさ。恋人だからな」

『うん。さすがね、希墨。わたしのことよくわかってる！』

俺が一発で言い当てたのが嬉しかったらしく、ヨルカは誇らしげだ。

「けど、ヨルカ。期末テストが終わって茶道部の部室に行った時、ちゃんと神崎先生って呼んでたよな？　俺はてっきり仲直りしたとばかり」

それまでのヨルカは神崎先生を天敵として扱い、決して名前で呼ぶことはしなかった。

『そ、そりゃ誤解とかわだかまりは一区切りついたわよ。だからといって、急に親しくなれるわけないでしょッ！　わたし、まだまだ人見知りなわけだし』

ヨルカの言うことはもっともだ。

誤解が解消されたからといって、苦手意識もすぐに消えるわけでもない。

そもそも俺の恋人である有坂ヨルカは学校一の美少女にして、かなりの人嫌いだ。

俺との交際をきっかけにヨルカも人間関係が広がり、友達と呼べる信頼できる相手も増えた。

とはいえ、一朝一夕でコミュニケーション能力が向上するならば苦労はしない。

何事も焦らず臆さず慣れていくことが成長の早道だ。

「映にも電話かわって！　ヨルカちゃんと話したい！」

となりで映がぴょんぴょん跳んで、しきりにせがんでくる。

『ねぇ恋人で、クラス委員でしょう。わたしと担任との橋渡しをしてよ』

ヨルカのストレートに甘える声。背筋がゾクっとする。

夏休みですっかり浮かれていたが、クラス委員として俺がそもそも神崎先生から頼まれたのはヨルカのサポート役だ。『有坂さんにはもっと交友関係を広げてほしい』という先生の願いもある程度は達成されたので忘れかけていた。

が、やはりヨルカはヨルカだ。

秋には文化祭もあるし、これからは瀬名会のような仲良しグループ以外との交流も増えていくだろう。

俺としても、今年はヨルカにも文化祭になにかしらの形で参加してほしいと思っている。

「ねぇーきすみくーん」

あぁ、ここが橋渡し役の腕の見せ所というやつか。

まずは担任教師との距離をもう少し縮めてもらうとしよう。

俺は一計を講じることにしてみた。

「ヨルカ。映が話したがってるから電話をかわるぞ。夕飯の件、映がＯＫするならこのままふたりで合流する」

『わかった』

俺がスマホを映に差し出すと、待ってましたとひったくるように手に取る。

「もしもしヨルカちゃん？　映だよ！」

楽しげに話している映をしばらく眺めていると、

「ヨルカちゃんと一緒にご飯食べたいけど、行ってもいい？」

妹は期待の眼差しでこちらを見てくる。

俺が指でＯＫマークを出すと、映は勢いよく「行く！」と返事をした。

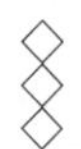

「まさかビアガーデンとは……」

夕飯の場所に指定されたのは百貨店の屋上だった。屋上に開設されたビアガーデンは都会の夕暮れの下、仕事帰りの社会人や大学生、家族連れなどで賑わっている。

今日は特に暑かったから、日暮れとともにリフレッシュしに繰り出してきたのだろう。

「ねぇ、きすみくん！　屋上でお祭りやってるの⁉」

昔両親に連れられてビアガーデンで食事したことがあるのだが、映は小さくて覚えていないようだ。実質初めてのビアガーデンに興奮気味だ。

言われてみれば、露天で大人達が熱気とアルコールで顔を赤くして軽食をつまむ雰囲気は夏祭りに似ている。

「お祭りじゃないけど、今日は外で夕飯だ」

「楽しそう！」

入り口の受付で有坂の名で予約してある旨を告げ、テーブルへ案内される。

「皆さん、ほんとうにお揃いで」

そこには俺の恋人であるヨルカ、姉のアリアさん、そして担任の神崎先生がすでに座っていた。

いざこの三人が集まった光景を目にして、俺は変な苦笑が浮かんでしまう。

それぞれが複雑かつ深く繋がっているのだが、実際に三人が勢揃いしている状況に出くわすのは俺もはじめてのことだ。

ヨルカ達三人は、連れてきた映に興味津々だった。

「希墨、来てくれてありがとう。映ちゃんも、こんばんは」

ヨルカは、俺達の到着にほっとしていた。

「わースミくんの妹、かわいいー!!　そりゃスミくんもこんな妹のためなら受験勉強がんばるわけだ。妹ちゃん、こっち来なよ。お姉さんのとなり座って！」

アリアさんはやけにテンションが高い。

手元を見れば、先に頼んだジョッキのビールがすでに無くなりかけている。

約半月ぶりに再会したアリアさんの態度は、いつも通りに見えた。

中学時代に通っていた学習塾でアルバイトの講師をしていたアリアさんは、俺を永聖高等学校に合格させてくれた恩師である。

はじめて有坂家に寄った際、恋人の姉として再会。

その後、アリアさんの提案により担任の神崎先生のお見合いを阻止すべく、俺が代理彼氏を引き受けることになった。アリアさんはヨルカ以上の圧倒的な影響力で、人間関係をいろんな意味で引っ掻き回した。

「アリア、いきなり馴れ馴れしいですよ。瀬名さんの妹さんも恐がるでしょう。少しは落ち着きなさい」

俺の担任である黒髪の和風美人・神崎紫鶴先生は、同じく元教え子のアリアさんをそっとたしなめる。アリアさんの卒業後も、ふたりは友人として付き合いが続いていた。

「きすみくんの妹の瀬名映です。はじめまして！　こんばんは！」

俺が促さずとも自分から率先して、元気よく挨拶する我が妹。

初対面のアリアさんと神崎先生という気後れするほどの美女コンビに一切の緊張を見せないのは、映が単純に子どもだからなのか、物怖じしない性格だからなのか。

いずれにしても、兄としては映にはこの社交性を今後も大事にしてほしいものだ。

三人とも映に微笑ましい視線を向けて歓迎する。

俺がヨルカのとなりに、映は手招きされるままにアリアさんと神崎先生の間に座った。

「お困りの様子だったみたいだな、ヨルカ」

「こんな三者面談みたいな状況、楽しめるわけないでしょ」

俺とヨルカは顔を近づけ、声を潜めて言葉を交わす。

きっと居心地が悪かったのであろうヨルカはテーブルの下でこっそり俺の手を握ってきた。

「いいじゃん、これを機に先生と親睦を深めろ」

「学校の外で担任となんて会いたくないから。それに、希墨にも会いたかったし」

「最後の方が本音だとしたら恋人としては嬉しいかな」

「もちろん、そうよ。今日は一緒に出かけられなくてごめんね」

「いいさ。俺も映と外出するのは久しぶりだったから」

「映画は楽しかった？」

「泣いたのがバレて、映にからかわれたよ」

「楽しかったならよかった」

「そっちは？」

「うん、今度の旅行用も含めた買い物」

「ヨルカはいつもオシャレじゃないか。特にそのネックレスが素敵だ。すごく似合ってる」

俺は、ヨルカの首元に光るシルバーのシンプルなネックレスの存在を見逃さない。

細みのチェーンに、小ぶりながら綺麗な石がペンダントとして収まる。そのさり気なくも気品溢れるデザインは、大人っぽいヨルカによく似合っている。

「――、特別な人がプレゼントしてくれたものなの」

「へぇ。その男はずいぶんとセンスがいいな」

「希墨がくれたんでしょう。わたしにとってはもうお守りみたいなものだし」

俺の恋人は、ペンダントに細い指先でそっと触れる。

その言葉に俺が感動していると、ふいに視線を感じた。

アリアさんと神崎先生が俺達を見ていた。

映もテーブルの下を覗きこんでいた顔をあげた。

「……きすみくんとヨルカちゃん、イチャイチャしてる。手も繋いでる」

「違うのよ、映ちゃん!?　これはその」

「そういう余計なことは言わんでいい！」

映に指摘されて、俺とヨルカは慌てて手を離す。

「きすみくんも飲み物決めて。映はオレンジジュースね」

「コーラで！」

メニューも見ずに俺は即答する。

「夏で浮かれるのは結構ですけど、そういうのは人目につかないところでお願いしますね」

神崎先生はどこか恥ずかしそうに苦言を呈してから、店員を呼ぶために手を上げた。

「着いて早々、ふたりだけの世界に入っちゃって。ていうかスミくん、来るのが遅い。私達、さっきからナンパされそうで大変だったんだからさ」

アリアさんは唇を尖らせた。

「そうですね。美人をお待たせして失礼しました」

「……ありゃ、やけに素直」

アリアさんは探るように目を細める。

「そりゃ美女の揃った最高の席に座っている自覚はあるので」

こんな見目麗しい女性が集まっていれば、周りの男性が放っておくはずもない。

シラフなら敷居の高い美女グループだが、夏の熱気と開放感、さらにお酒の力を借りて話しかけてくる輩も多いようだ。

男の俺ひとりがいることで、蚊取り線香くらいの役割は果たせているようでなによりだ。

「――、スミくんの反応がふつうすぎてつまんない」

勝手に拍子抜けして、アリアさんはなぜか不満げに言う。

「さすがに俺も慣れますよ」

美人は三日で飽きる、という通説は間違いなく嘘だ。

だが、顔を合わせて会話を重ねていくうちに親しくなれば慣れることはありえる。

「むしろもっと気を遣ってください。驚かされる方も大変なんですから」

「贅沢な言い草。もうスミくんには気を遣ってあげない」

俺の偽りなき本音に、ヨルカと神崎先生も同意するように頷く。

「えースミくんだから私は気兼ねなく接してるんだよ」

「お姉ちゃーん。あんまり希墨で遊びすぎないでね。——怒るよ」

すかさずヨルカは迫力のある満面の笑みで姉を脅す。

「うおっと、ヨルちゃん。かわいい笑顔が今は恐いよ。別に変なことはしないってば」

「お姉ちゃんってば油断ならないんだもの」

「心配しなくても、妹のヨルちゃんが一番大事だから」

「ほんとに？」

ヨルカは疑り深い視線を姉に送る。

「ちょっと、信じてよ！　私はヨルちゃん大好きなお姉ちゃんだからッ！」

「じゃあ信じる」

「ヨルちゃん、やさしい！　私も大好きよ！」

アリアさんは残っていたジョッキのビールを一息で飲んだ。

「あぁーー、やっぱり夏はビールが美味しいね。特に屋外だと最高」

やって来た店員さんに俺と映のソフトドリンク、アリアさんのビールのおかわりを注文した。

「先生も急に呼ばれた感じですか？」

俺は、神崎紫鶴先生に問う。

「仕事中にアリアから連絡が入りまして、夕飯を一緒にどうかと」

ビアガーデンという賑やかな場所でも姿勢よく椅子に腰かける神崎先生は、いつも通り落ち着いたものだ。

「おふたりはビアガーデンによく来るんですか？」

「夏場はアリアの好みで、外で食事ができるようなオープンテラスのお店に行くことが多いですね。今日もアリアが予約してくれたのですが、てっきり私とアリアのふたりだけだと思っていたのに……」

「いつものサプライズですか？」

俺が言い当てると、神崎先生は申し訳なさそうな顔になる。

「教師としてはあまり好ましい状況とは言えません。未成年者が三人、しかも瀬名さんの妹さんまでいらっしゃるならビアガーデンにはさせませんでしたよ。すみません」

「まぁまぁ、あんまり堅いこと言わない。今日は無礼講なんだからさ。一学期お疲れさま＆この前のことは許してね、な打ち上げだよ！」

「「さり気なく水に流そうとするな！」」

アリアさん以外の三人は、決して聞き逃さなかった。

「俺、代理彼氏のせいで期末テストヤバかったんですよ！」

「わたしもかなりストレスだったんだからね！」

「まさか裏で親に情報を漏らしていたなんて……」

三者三様に溜めていた不満を、ここぞとばかりに吐き出す。

神崎先生はご両親から勧められていたお見合いを断るため、以前からアリアさんに相談をしていた。その具体的な方法として提案されたのが、俺を代理彼氏として先生のご両親に紹介するというかなり突飛な作戦だった。

七月初旬、作戦当日には想定外の事態が起こりつつも、先生はお見合いの回避に成功。

ヨルカとアリアさんもはじめての姉妹喧嘩で、長年のわだかまりを解消したらしい。

ちなみになぜ推量の表現なのかと言えば、俺がどれだけ訊ねても具体的にどんなことで喧嘩をしたのか、ヨルカが絶対に教えてくれないからだ。

『姉妹だけの秘密があるの！　いくら恋人の希墨でも言えない！』

やけにムキになるので、俺はそれ以上追及することはしなかった。

秘するが花、というものなのだろう。

懸案だったお見合い問題は解決したものの、俺達も神崎先生もすぐに期末テスト期間に入り忙しくなってしまった。

そのため、好き勝手に暗躍していたアリアさんの禊は棚上げになっていた。

「まぁ私への文句でも旅行の打ち合わせでも、集まる口実はなんでもいいのさ。こうやって顔を合わせるのが一番の目的なんだから」

アリアさんがもっともらしいことを述べたところで、料理や飲み物が運ばれてくる。

サラダにカルパッチョ、ローストビーフ、さらに定番の鶏の唐揚げやフライドポテト、枝豆など、ビアガーデンらしいメニューがテーブルにずらりと並ぶ。

「はい、じゃあスミくんと妹ちゃんも来たことだし、あらためて乾杯〜〜!!」

アリアさんの音頭でグラスを合わせる。

「なんで結局アリアさんが仕切ってるのかな」

「お姉ちゃん、いつもより明らかに浮かれてる」

ヨルカの指摘通り、俺の目から見てもアリアさんはかなりはしゃいでいた。

しきりに横にいる映をかわいがり、映もすぐに懐いていた。

ビアガーデンという場の非日常感も存分に楽しんでいる様子で、美味しそうに料理を口に運んでいた。

アリアさんも二杯目も飲み干し、すぐにおかわりを注文する。

そんなにテンションが上がるような嬉しいことがあったのだろうか。

「アリア。ほどほどに。ここは私の家ではないんですからね」

「紫鶴ちゃんこそ今日はやけにピッチ遅くない？　具合でも悪いの？」

「……お酒には懲りたんです。しばらくは自制しますので私のことはお構いなく」

神崎先生のジョッキを見れば、ほとんど口をつけていない。

「あぁ、紫鶴ちゃんの家でスミくんに見られたのを気にしてるんだぁ」

「アリアッ！」

神崎先生がバンとテーブルを叩いて怒る。

おそらく先生の家で作戦会議をした日の翌朝のことだろう。二日酔い気味だった先生は、俺がリビングで寝ていることに気づかず、お風呂上がりにバスタオルを一枚巻いただけの格好で鉢合わせし、あまつさえ驚いた拍子にバスタオルをポロリしてしまったのだった。

というか先生、その反応はマズイです。

アリアさんはうっかり口を滑らせたことに気づき、「ヤバッ」という顔になる。

「ちょっと、希墨がなにを見たのよ！　説明して！」

ヨルカは自分の与り知らぬところで起こったハプニングの気配を敏感に察知した。

「アリアさん、フォローしてくださいよ！」

「えー私も寝起きだったから覚えてなーい」

「絶対嘘でしょうッ！」

「これ美味しい」と空腹だった映は、兄のピンチより食事に夢中だった。

先生宅での一件は事故であると必死に伝えて、なんとかヨルカの怒りを鎮めた。

「希墨は、周りの女の人といろいろ起こりすぎ。駅前でお姉ちゃんも抱きとめてたし」

とはいえ、ヨルカは微妙に納得がいかないご様子。

ヨルカから鋭い視線を向けられるも、アリアさんは気づかないふりをする。

神崎先生は己の迂闊さを気にしてまだ恐縮していた。

「まぁまぁ、紫鶴ちゃんも気にしすぎはよくないよ」

「せっかく忘れようとしてたというのに……ッ」

「そもそも、あの日のことは紫鶴ちゃんが飲みすぎたのが原因じゃん」

神崎先生が恨めしげにアリアさんを見るも、事実を指摘されてしまい押し黙る。

アリアさんと先生の砕けたやりとりを眺めて、俺はフフッと笑いがこぼれてしまう。

「おふたりとも相変わらず仲がよさそうで安心しましたよ」

「結果的にお見合いは回避できましたから。あくまで結果的に、ですけどッ！」

神崎先生は表情こそ変えないが、その言葉には怒りの残り火を感じた。

「そうそう、結果オーライ。感謝してよね」

上機嫌なアリアさんが余計な一言をまた投げる。

「――私が感謝しているのは瀬名さん達にです。アリアはおまけです」

これ以上の戯言は許さんと睨まれて、アリアさんもさすがに苦笑い。

「そんな殺生なこと言わないでよ。ちゃんと旅行では安全運転するからさ」

「ねぇ、お姉ちゃん。さっきから気になってたんだけど、なんでお姉ちゃんが旅行のことを話題にするの？」

ヨルカが不思議そうに訊ねる。俺もそこは気になっていた。

お見合い回避を手伝ったお礼に、俺やヨルカを含めた瀬名会という友人グループは、神崎先生の実家が所有する別荘へ夏休みに招待されていた。

その旅行にまるでアリアさんも一緒に行くみたいな……。

「……アリア。あなたまさか、また説明していないんですか？」

俺とヨルカの反応に、神崎先生は状況を察して呆れかえっていた。

「フフフ、それこそが今回の真のサプライズだよ！」

アリアさんは大成功とばかりに満足げに笑う。

「ってことは、まさか!?」

「うん。私も行くよ」

「マジっすか」

俺はアリアさんの潔い肯定に多少は驚きこそすれども、あっさり納得もできてしまう。

我ながら相当慣らされているなぁ。

「旅行先を、紫鶴ちゃん家の別荘がいいんじゃないって最初に提案したのは私じゃない」

そういえば神崎先生のご両親に会う前、ホテルのロビーでそんな立ち話をしたな。

「言いだしっぺはきちんと責任をとらないと」

行く気満々なアリアさん。

「その殊勝すぎる態度が逆に不安なんですけど」

「スミくん、疑いすぎ」

有坂アリアの恐るべき特技は、ただ会話していたはずがいつの間にか彼女に背中を押されたようにその意図の通りに行動させてしまうことだ。

アリアさんの心持ちひとつで、楽しい夏の旅行がとんでもない展開にならないとも言い切れない。

あれ、旅行が急に恐くなってきたんですけど。

「他のみんながどう思うか……」

「私は気にしないから大丈夫だよ」

アリアさんの心配はしてないッ!!　これだから自信と行動力に満ちた人はッ!!

「お、お姉ちゃんもほんとに一緒なの？」

ヨルカも寝耳に水とばかりに慄いていた。

「当然じゃない。この前のお詫びくらいはさせてよ」

神崎先生の代理彼氏といい、突飛なことを企みがちなアリアさんに俺もヨルカもなんとなく警戒してしまう。

見かねた神崎先生がフォローするように言い添える。

「一台のクルマでは全員乗れないので、運転手がもうひとり必要なんですよ」

「アリアさん、クルマの運転できるんですか？」

「失敬な。ちゃーんと免許ぐらいもってるから！」

俺の反応がよほど気に入らなかったのか、アリアさんは自分のハンドバッグを漁ってわざわざ運転免許証を俺の前に突きつける。

「……偽造じゃなさそうですね」

運転免許証の写真は不細工になりがちと聞いていたが、アリアさんのはバッチリ美人に写っているのだからさすがだ。

「きすみくん、みんなで旅行するの？」

話題に置いていかれていた映がふいに訊ねる。

「あぁ、俺の友達とみんなでな」

「ずるい！　映も一緒に行く！」

映は駄々をこねはじめる。

「またワガママ言って」

「映も旅行行きたい！　きすみくんの友達とも遊びたい！」

瀬名会のメンバーが我が家に集まった際、みんなずいぶんと映をかわいがってくれた。おかげですっかり友達気分な映は、自分だけ仲間外れなのがお気に召さないようだ。

「希墨、どうする？」

「せっかくだし妹ちゃんも連れていこうよ。ねぇ紫鶴ちゃん」

「まぁ部屋は余っているので問題はないですが……」

俺以外の三人は、映の参加を前向きに捉えてくれる。

「ねぇ。いいでしょう、きすみくん！」

おねだりする妹に対して、俺は容赦ない事実を突きつける。

「映。俺達の旅行の日、おまえはお友達とお泊まり会だぞ」

俺の指摘に、映は一瞬ハッとした顔になる。

「んー、でもヨルカちゃん達とやっぱり遊びたーい！」

まだ諦めきれない小学生。そんなに自分の兄の友人と遊びたいものなのか？

「そうは言ってもな……」

「えっと、えっと、じゃあお祭りは？　神社でやるやつ。今年はきすみくんだけじゃなくて、みんな一緒に行こうよ！」

それは毎年俺が映を連れていってる近所の夏祭りのことだった。

「あぁ、学校の近くの神社で毎年やっている夏祭りのことでしょうか」

「懐かしい。私も文化祭の準備帰りに、生徒会のみんなで行った。ああいう縁日ってはじめてだったから面白かったな」

神崎先生も卒業生であるアリアさんも知っていた。

「希墨。それなら瀬名会のみんなに声かければ集まるんじゃない？　わたしも行ってみたい」

ヨルカも乗り気だ。

「構わないけど、ものすごく混むぞ。大丈夫か？」

「希墨が守ってくれるじゃない」

愛しい恋人から当然のように言われて、俺が断れるはずもない。

恋人のいる夏休みがいかに特別なのか、俺は思い知る。

恒例の夏のイベントが、恋人と一緒に行くだけでまったく違うものに変わっていく。

今こうしてヨルカという大好きな恋人とすごせてよかった。

来年には大学受験が控えており、気兼ねなく遊べるのは今年が最後である。

だからこそ俺は悔いのない夏休みを送りたい。

第二話　指切り

「ねぇ希墨。明日の夜、わたしの家に来ない？」

そうヨルカに誘われたのは、いつものように美術準備室で彼女の手作りのお弁当を食べていた時のことだ。

夏休み期間中もクラス委員である俺は、文化祭実行委員会の会議に出席するため登校していた。ヨルカはそんな俺に合わせて、わざわざお弁当を作って学校に来てくれていた。

普段と同じように制服を着て、昼食をとりながらいきなりお泊まりのお誘いをされたとしても、俺は慌てたりしない。

恋人から大胆な提案をされても、動揺などおくびにも出さずクールな態度を貫いた。

俺とヨルカが付き合いはじめて、気づけば約四ヶ月。数多くのデートを重ねて、先日ついに念願のファーストキスまで交わしたのだ。

大きなステップアップを果たした現在、あの恥ずかしがり屋なヨルカが俺以上に踏みこんだ展開を望んでも驚きはしない。

キスした俺は無敵なのだ。

むしろ大歓迎である。

………嘘だ。急展開すぎて正直ついていけていない。

こんなにとんとん拍子にいって大丈夫なの？　スムーズすぎて逆に不安になる。

ヨルカに告白した時は、春休みいっぱい返事を待たされた。

あんな風に焦らされるより遥かにマシな状況なのに、いざジェットコースター並みのハイスピードで進展しそうになると逆に心配になってしまう。

我ながら小心者と思わざるをえない。

だけど、それはヨルカが世界で一番大事だからだ。

大切さの裏返し。いたずらに焦る必要はない。

——とはいえ、

「嬉しい。もちろん行く！」

心の底から嬉しいことには変わりない。

大前提として〝断る〟の二文字がない俺は、恋人からお誘いがあれば当然ＹＥＳの一択。

ここで日和れば男が廃るッ。

せっかく降ってわいたチャンス、無駄にするものか。

「即答ね」

「俺がヨルカの誘いを断ったことあるか？」

「ないけど、ちょっと勢いすごかったから」

ヨルカはやや苦笑していた。

「じゃあOKってことで……、その、希墨を家に誘ったのは――」

「いや、みなまで言うな。わかっている」

ヨルカがあらたまった態度で切り出そうとするのを、俺はあえて遮る。

女性に一から十まで語らせるような野暮なことはしない。

大人な男は行間や雰囲気から察するものだ。

「わたしの言いたいことがわかるなんて、すごいわね」

ヨルカは本気で驚いている様子だった。

「恋人なんだ。当たり前だろ」

「頼もしい」

「任せろ」

俺は言葉少なに答える。

下手に話そうとすれば、興奮と緊張を抑えきれなくなりそうだった。

にやけそうになる表情を必死に引き締めたが、心臓は大暴れしている。バックンバックンと肋骨を内側からへし折って飛び出してきそうな勢いだ。

「？　そう、じゃあ夕飯を作って待ってるね」

ヨルカは俺と違って、実に落ち着いたものだった。

自分から誘ったのだから、いろいろ気持ちは固まっているようだ。

ならば俺も男として恥をかかせるわけにはいかない。

「おう」

「……希墨、なんか急に汗かいてない？　冷房の温度下げようか？」

「おう」

「希墨？」

「おう」

無駄口は叩かない。というか喋れない。

死ぬほど嬉しがっている自分と及び腰になりそうな自分が大騒ぎしていて、頭の中がお祭り状態である。

「熱でもあるの？」

立ち上がったヨルカが俺の正面に立ち、その手でおでこに触れる。

「顔は熱いけど、熱が出てるってわけではないのかな」

俺の目の前には、同世代の女の子にしてはかなり大きなヨルカのバストがあった。

制服のシャツの胸元のボタンが弾け飛ばんばかりになっている。

大きい。すごく大きい。

ヨルカの横にいて、ふいに二の腕が当たったりするたびにドキっとする。

ハグしている時に押しつけられるその圧倒的なボリューム感をいつも密かに意識してしまう。

制服も夏の薄着になったことで、その存在感は余計に増す。

あのサイズに触れたら、どんな感じなのだろうか。

俺はゴクリと唾を飲んだ。

「ちょっと。目つきが恐いんだけど」

余程露骨に見ていたらしい。ヨルカが自分の胸元を隠す。

いかん。生々しい展開がいよいよ現実的になってきて、普段は隠している男の本性が暴走してしまう。落ち着け、クレバーな紳士に戻るのだ。

夏の魔物に負けるな、俺。

「ちょっと目を奪われてしまって」

「事故っぽく言うな、スケベ」

「仕方ないだろ！　好きなんだから！」

「開き直って」

「他の女子をガン見するよりマシじゃないか」

「そしたら目を潰すから。両方」

「二個しかない貴重な眼球がッ！」

ヨルカは真顔で恐ろしいことを言う。

俺は切々と愛情を伝えることで、ヨルカの機嫌をなだめた。

ともあれ、お泊まりである。

カレンダーが予定で埋まるのはいいことだ。

翌日の夜。俺はあらゆる備えをして、いざ有坂家へと出向いた。

「あらためて、すみませんでした」

有坂家に着いた途端、待っていたのは姉のアリアさんの正座しながらの謝罪だった。

いつも自信満々に笑っているアリアさんからは想像できないほどのしおらしい態度で、一体何事かと俺は混乱する。

「……えーっと、これはどういうこと？」

俺はパンパンに膨れたリュックサックを下ろして、ヨルカに訊ねた。

「代理彼氏の件で一番迷惑をかけた希墨には、きちんと謝らせないといけないと思って」

「あ、だからアリアさんがいるわけ」

俺はようやく納得する。

「なんで意外そうな顔するのよ。わかっているから来たんじゃないの？　この前ビアガーデンで会ったからって、なし崩し的に終わりにするなんてありえないでしょう」

「あーなるほど。それは律儀なことで」

俺的には完全に終わっていたことなので、正直今さらって感じだった。

「ちょっと希墨、目を逸らさないで。なんか違うこと考えてたでしょう」

ヨルカは俺の顔を両手で挟んで、強引に自分と向き合わせる。

「いや、てっきりヨルカとふたりきりだと思ってたからさ。あはは」

どうやら俺の勘違いだったらしい。

思い返せば、ヨルカはふたりきりとは言ってなかった。

完全に前回と同じパターンで誘われたものだと勝手に期待を膨らませていた。

うわ、恥ずかしい。

一度も疑いもせずにいたあたり、俺はどれだけ喜び勇んでいたのだろう。

「わたしはただ、お姉ちゃんと希墨にしっかり仲直りをしてもらおうと思って……」

どんだけ姉想いなのッ！　いい子かッ！

さすがは長年姉に憧れすぎて、拗らせまくっていたシスコンである。

まぁ、そういうヨルカの素直なところが好きなんだけど。

俺は昨日から点火しっぱなしだった情欲の炎をようやく鎮静化させつつあった。

「……あ。え、ちょっと、まさか希墨、そういうつもりで来たの⁉」

逆にヨルカは俺の考えていたことに今さら気づいた。

「だって、恋人から家に来いって誘われたら、そういうことも考えるでしょ！」

「希墨のエッチ！」

「お、俺は告白した時にそういうこともしたいって宣言したぞ。忘れたのか？」

俺は開き直るしかなかった。

勘違いして盛大に先走ってしまったのは事実だが、高校生の分際で気軽に恋人の家に上がれるほど軽薄になったつもりはない。今日だって二度目とはいえ、ヨルカの住むタワーマンションに着いてからもずっと緊張していた。

「そりゃ、わたしだって最初に確認したから覚えてるわよ。覚えてる、けど」

どう答えたものかとヨルカは必死になって言葉を探していた。

そりゃ好きな恋人とはいえ、いきなりオスの顔を見ちゃったら困るよね。

気まずい。

前のめりになりすぎた俺と予想外のことに動揺するヨルカ。

「あのぉー、正座で脚が痺れて、もう、限界なんだけどぉ」

すっかり放置されて涙目のアリアさんは、脚を崩して倒れこむ。

「お姉ちゃん、ごめんね！」

「アリアさん、大丈夫ですか⁉」

「もう立てない。脚痛いよぉ」

アリアさんは本気でしんどそうだった。


アリアさんの脚の痺れがとれてから、仕切り直すように三人で話す。

まぁ今さら俺が文句を言うようなことはない。

「俺は怒ってないので、許すもなにもないです」

本心からそう伝えると、アリアさんはホッとした顔になる。

ヨルカも同じ顔で同じような表情をしていた。ほんとに惚れ惚れするほどの美人姉妹。

「むしろ俺は俺なりのやり方で神崎先生のご両親を説得するために、アリアさんの足止めをヨルカに任せました。ヨルカが引き受けてくれたとはいえ、そのせいで姉妹の仲が悪くなっていないか心配してたんです。だから、こうして三人でふつうに話せて嬉しいですよ」

ホテルで神崎先生のご両親と会う際、俺はアリアさんが計画した代理彼氏とは別の方法を用意していた。先生の教え子である瀬名会による説得を試みたのである。

俺の作戦を成功させるには、行動の読めないアリアさんの介入を防ぐのが必須条件だと判断。

そのために、俺は妹であるヨルカに時間稼ぎをお願いした。

あの有坂アリアと対等に渡り合えるのはヨルカ以外に考えられなかった。

「スミくん、そんな風に思ってくれてたんだね」

「ね。言ったでしょう。希墨がお姉ちゃんのことを嫌いになるわけないって」

姉を慰める妹。その尊い姉妹の図に俺が入りこむ余地はない。

「アリアさん。いい機会だから、ひとつだけお願いがあります」

「なに？」

アリアさんは姿勢を正して、俺の言葉を待つ。

「求められてないアドバイスはしないでください。アリアさんは観察眼が鋭いし、言葉も的確なのは俺が一番よく知っています」

「うん、そうだね」

「だからって面白半分や思いつきで、他人の隠してる本音を無闇に暴いて人間関係をかき乱すのはよくないです。それさえなければほんとうに頼れるお姉さんなんです。──だからケジメと思ってこれだけは約束してください」

「うん、うん！　わかった、約束するッ！」

アリアさんはおもむろに小指を差し出す。

俺はその意図を察して、自分の小指を絡ませた。そしてどちらからともなく歌い出す。

「「指切りげんまん、嘘ついたら針千本飲ます、指切った」」

子どもじみた約束の仕方に「効果あるんですか」と俺は笑ってしまう。

「形は大事だよ」

アリアさんはそう言って、自分の小指を眺めていた。

「ついでだから、私は恐怖の大魔王も卒業させてもらうよ」

アリアさんはようやくいつもの軽い調子で、そんなことを呟く。

「実は、すんげえ根にもってたんですね」

今さらながらに俺は気づいて、申し訳ない気持ちになる。

「年頃の女性につけるあだ名じゃないでしょう、どう考えても」

「すみません」

「これからは家族枠でお付き合いするので、そのつもりで」

「「家族枠⁉」」

唐突な単語に、俺もヨルカも素っ頓狂な声をあげてしまう。

「なんですか、それ」

「え。スミくん、将来的にそうなるんじゃないの？」

「お姉ちゃんッ⁉」

ヨルカが大きな声をあげる。

これ以上余計なことをしゃべるなと睨むヨルカを尻目に、アリアさんは相変わらずの調子で話し続ける。

「だーかーらー、保護者としてはこの家でエッチな真似はさせられません！」

「急に真面目になりだしたぞ」

アリアさんはシリアスな顔でこちらを見る。

「当たり前でしょう。若い男女が一晩をともにしたら、大変なことになるじゃない」

「いきなり飛躍しすぎですよ！」

「じゃあ、無防備なヨルちゃんが横にいても我慢できる？」

「…………ッ、我慢しますよ」

アリアさんに鼻で笑われた。

「ええ、わたしと希墨がそんな、まだ早いわよ。この前キスしたばっかりだし。だけど嫌ってわけじゃなくて、ああ、でも──」

横では顔を真っ赤にしたヨルカが、なにやら悶えていた。

「とにかく、保護者として私の目が届く限り、かわいい妹に手出しはさせません！　そのつもりで今日は泊まっていきなさい」

「え、いいんですか？」

「そのつもりで来たんでしょ？　リュックになにが入ってるんだか知らないけど」

アリアさんは目を細め、意味深ににやける。

「お、俺の荷物なんかどうでもいいでしょう！　そうじゃなくて」

「せっかくの夏休みなんだよ。ゆっくりしていきなって。ヨルちゃんも腕によりをかけて夕飯を準備したんだから。スミくんが食べてくれないと、私達が太っちゃうよ」

仕切り直しとばかりに、ダイニングのテーブルに並んだのは焼きたてのピザだった。

「生地から手作りです。どうぞ召し上がれ」

ヨルカが夕飯に用意してくれたのは、手作りのピザだった。

俺はチーズがまだ泡立っている熱々のピザにかぶりつく。

「熱ッ！　うお、やばッ、美味い！」

レストランで食べるのと遜色ないくらいのクオリティー。

トロトロに溶けたコクのあるチーズ、焼けた小麦の匂いが香ばしいモチモチの生地、旨みたっぷりの脂がのったベーコンの塩気、トマトソースのまろやかな酸味、バジルの爽やかな風味。

あっという間に一切れを食べ終え、次のピザに手を伸ばす。

「他にも何種類もピザを用意してあるから遠慮なく食べてね」

ヨルカは俺のがっつく様に満足そうだ。

「うーん、ワインが欲しくなる味」

アリアさんも美味しそうにピザを頬張りながらも、どこか物足りなそうだ。

「今日はお酒飲まないんですね。珍しい」

「ヨルちゃんに止められてるから」

「当然でしょう。今日くらい禁酒」

ヨルカの視線は鋭い。

途端、あの天衣無縫なアリアさんが縮みあがった。

「うぅ、お酒飲みたいよぉ」

「お姉ちゃん、なんでそんなに飲みたがるの？」

「ヨルちゃんが美味しすぎる料理を作るからだよ」

「ほめたって今日はダメ」

「ヨルちゃん、厳しい」

「自分がやったこと、もう一度思い出そうか」

「反省してるよ。してるからご褒美にぃ」

「駄々こねるなら、お姉ちゃんだけデザート抜きにするよ」

「それも嫌だ」

一体どっちが姉なんだか。

以前の有坂姉妹はアリアさんが絶対的な上位にいて、ヨルカは疑うことなく従うような関係だった。姉に意見したり反論するなど考えられない。それほどまでに妹は姉を理想の存在として絶対視し、その在り方は崇拝に近かった。

だが、今日こうして眺めている有坂姉妹は、お互いへの遠慮がすっかり消えていた。

アリアさんは夕飯の間、ペリエを飲んでお酒を我慢していた。

俺はたらふくピザを食べてお腹いっぱい。

もう動けないと、リビングのソファーで横になる。

「食べてすぐ横になったら牛になるよ」

ヨルカが笑いながら指摘する。

「ふたりこそ、なんでまだデザートを食べられるのさ」

俺の横で、姉妹はふたり揃ってスイーツを頬張る。

アリアさんがデパートで買ってきたスイーツは、どれも宝石のように綺麗で美味しそうだった。

「「デザートは別腹だもの」」

「便利なお腹だな！」

まぁまぁ食べたのに、ふたりともウエストが細いのだからびっくりである。乙女の身体の不思議。

「希墨も食後のコーヒーくらい飲めるでしょ？」

「もらう」

夏場にあえて飲むホットのブラックコーヒー。熱さと苦みが口の中の脂を流してくれて、さっぱりする。お腹がこなれてくると、早くも少々口さみしさを覚えた。

「ちなみにレモンのシャーベットもあるけど、希墨食べられる？」

「至れり尽くせりだな。それくらいなら食べる」

「うん。今もってくる」

ヨルカはフォークを置いて、キッチンの方へ向かう。

目を窓に向ければ、東京の夜景が輝いている。

さすがタワーマンション、何度見ても絶景である。

「いい夏休みになりそう？」

アリアさんがふいに訊ねる。

「そうですね。ヨルカがいるだけで十分楽しいですけど、今年は瀬名会のみんなで旅行もありますから。アリアさんは行ったことあるんですよね？」

「紫鶴ちゃん家の別荘でしょう。あそこ、建物も綺麗だし海も近いからいいよ。思い出作りにはピッタリ」

アリアさんもかつては永聖高等学校に通い、現在俺達の担任である神崎先生の教え子だった。

「楽しみだな」

「温泉もひいてあるから、くつろぐにも最高よ」

「贅沢三昧ですね」

いくら生徒とはいえ、そんな豪華な別荘にタダで泊めてもらえるなんてありがたいことだ。

「贅沢といえば、あのグランドピアノって誰が弾くんですか？」

広々としたリビングに置かれた漆黒のグランドピアノ。

「おまたせ」とヨルカがお皿に盛りつけたレモンシャーベットを三人分もってきてくれた。

「ヨルちゃん。スミくんがピアノ弾いてほしいって」

アリアさんは気を利かせて、こちらの要望を先回りして言ってくれた。

ほんと、相手の気持ちを読み取るのが上手な人である。

「え、別に大した腕前でもないし」

「ヨルカ。聞かせて」

俺からもお願いすると「じゃあデザートを食べ終わったらね」と了承してくれた。

「……ところで、ふたりもシャーベット食べるの？」

「「もちろん」」

有坂姉妹は迷わずスプーンでシャーベットを掬う。

綺麗にデザートまで食べ終え、手早く後片づけを済ませる。

「ほんと、期待しないでよ。昔習ってただけで、今は気まぐれに弾くくらいだから」

ヨルカはピアノのふたを開け、鍵盤にそっと指を置く。

美しい旋律が静かに奏でられていく。

広い室内に流れるのは、サティのジムノペティだ。

ヨルカは澄んだ表情のまま、見事な腕前を披露する。

夏の暑さで浮かれた気持ちをそっと鎮めてくれるような演奏だった。

なにより俺は、ヨルカのピアノを弾く姿に魅せられてしまう。

あたかもピアノと自分しかこの世界に存在しないかのように演奏に没頭する様はとても美しい。

その純粋で研ぎ澄まされた在り方に、俺は有坂ヨルカらしさを垣間見る。

緊張とリラックスを同居させながらピアノを奏でるヨルカに俺は見惚れていた。

「お粗末様でした」

弾き終えて、ヨルカはペコリと頭を下げる。

「上手い。すごく上手い。感動した！」

俺の心からの拍手に、ヨルカは「大げさ」とはにかんだ。

全員が風呂から上がり、眠くなるまで映画鑑賞をすることになった。

いやぁ、美人姉妹のパジャマ姿を拝めるなんて、大変な眼福だな。

「暑いから、恐怖で背筋が凍るホラー映画で涼しくなろう！」

「お姉ちゃん、やめようよぉ。もっと楽しい映画にしたい」

ノリノリのアリアさんに対して、ヨルカは見る前からかなりビビっていた。

「今日はスミくんがいるんだから、恐ければ抱きついてればいいじゃん。いつも私達だと恐い映画見せてくれないじゃん」

「恐いものは恐いの！」

ヨルカの抵抗も虚しく、映画のジャンルは覆らなかった。

「もう！　お姉ちゃん、強引なんだから」

そんな風に文句を言うヨルカは、不満そうでも我慢している感じはなかった。

広いリビングの明かりが落とされ、大画面テレビに映画が映し出される。

結論だけ言えば、俺は恐怖とは違うドキドキで大変だった。

映画が終わるまで、大きなソファーの上で俺はずっと有坂姉妹に左右から抱きつかれていた。

アリアさんは恐がりなのにホラー映画を見るタイプの人らしい。

最初はソファーにふつうに座っていたのに、物語が進むにつれてどんどんふたりが近寄ってきて、気づいたら左右からしがみつかれていた。

ショッキングなシーンのたびに悲鳴が上がり、ぎゅっと身を寄せられる。そのまま腕にがっしりしがみつかれて真ん中で身動きもできなくなった。

おかしい。俺のドキドキはホラー映画に恐怖しているのか、美人姉妹のやわらかい感触に動揺しているのか、区別がつかない。

目の前の恐い映像より、左右から遠慮なく押しつけられる感触に気をとられ、映画の内容はほとんど頭に残らなかった。

そんな風にして有坂家の夜はふけていった。

第三話　恋愛に夏休みはない

今日も今日とて文化祭実行委員会の会議で朝から登校。

昇降口で上履きに履き替え、人気のない廊下を歩いて会議室へ向かう。

夏休みの学校は限りなく空っぽの箱に近い。

人気のない校舎では空気の匂いさえも違って感じられた。誰ともすれ違わず、教室は電気がついておらず、いつもはどこからともなく聞こえてくるはずの話し声がなかった。

建物が大きいからこそ空疎感が強調され、静寂があたりを満たす。

おかげで薄暗い廊下の空気は夏なのにひんやりしていた。

窓の外を見れば、炎天下のグラウンドでサッカー部がボールを全力で追いかけている。

階段を上がると、ちょうど前を歩いていたのはクラス委員の相棒である文倉朝姫だった。

「おはよう、朝姫さん」

「あ。おはよう、希墨くん。今朝も暑くて嫌になるね」

「しかも夏休みなのにこうして登校してる俺達ってすごいえらいよね」

「希墨くんってほんとは学校嫌いなの？」

「夏休みが好きなだけ」

「それは私だってそうだよ。あ、旅行に有坂さんのお姉さんも来るんだって？」

ビアガーデンでの食事を終えて、俺は瀬名会のグループラインにアリアさん参加の件をすぐに共有した。

「あの、朝姫さん？　もうひとりクルマを運転できる人がいないとみんなで行けないからさ」

「事情が事情だし、有坂さんのお姉さんの件は了解したわ」

「あ、そうなんだ……」

えらくあっさりした反応に俺は拍子抜けする。

「私が有坂さんのお姉さんを苦手だと思ってた？」

「まぁ、学食の一件もあったし」

「ふーん、希墨くんがその話題を持ち出すかなぁ」

朝姫さんの目がスッと細まる。

あ、ヤバい。藪蛇だった。

「いや、幹事としては参加者全員が旅行を満喫できるように最大限の気配りをしようと思っただけで、別に他意はなくて」

「そんなこと言うなら、私の知らないところで集まっている方がはるかにモヤつくんだけど。しかも希墨くんの妹さんまで同席なんて、ほとんど家族ぐるみの付き合いじゃない」

「妹と映画に行ってたら、急に集まることになっただけだよ。先生だっていたんだから、完璧に旅行の打ち合わせ」

「そうかな？」

「そうだよ」

会議室の前に着く。扉を開けた途端、うってかわって賑やかな声が溢れ出る。

「ま、希墨くんが幹事だから神崎先生の別荘に行けるんだもんね」

他の人達に聞かれないように、朝姫さんは振り返ってこっそり耳打ちしてくる。

その吐息がこそばゆく、俺は思わず耳を押さえてしまう。

「ん？　どしたの、希墨くん」

俺の表情をしっかり確認してから、朝姫さんは先に会議室に入っていく。


夏休みにも拘わらずここに集まった大勢の生徒は、すべて文化祭実行委員だった。

文化祭実行委員会——通称・文実は、永聖では生徒会の下、全学年全クラスのクラス委員と有志により構成される。

永聖高等学校で催される秋の文化祭は、伝説の生徒会長・有坂アリアによって現在のように大規模化された。

それにともなう膨大な準備がこうして夏休み期間中から進められる。

三年生は大学受験があるため、実質メインとなるのは二年生である俺達だ。

そして、本日は各セクションの担当者を決める大事な会議の日だった。

生徒会を運営トップとして、会計、審査、広報、機材管理、ステージなど、発生する業務は多岐に亘る。

どの担当になるかによって、夏休みどころか文化祭までの忙しさは大きく変わっていく。

朝姫さんは友達に笑顔で挨拶をしながら席へ着くなり、ざわめく会議室内の様子をスマホで撮影していた。

「これもＳＮＳに投稿するの？」

「うん、夏休みも学校行事で頑張ってるアピール。みんなが夏休みをエンジョイしてる中、真面目なクラス委員の私達は制服で登校してるのだっと」

朝姫さんはいつものようにＳＮＳを更新しはじめる。

素早く指を動かし、写真を加工し、文面を考え、大量のハッシュタグをつけていく。

「もうすぐ会議はじまるけど」

「大丈夫よ。肝心の生徒会長はどうせ遅れるだろうし」

朝姫さんの言う通り、開始間近にも拘わらず真ん中の議長席だけが空いていた。

「はい、こんな感じ。どうかな」

朝姫さんはスマホの画面を見せてくる。

〝私達のクラスは文化祭でなにをしようか？〟との一文で締めくくられた文面は、同じ二年A組のクラスメイトに向けた投稿となっていた。

夏休みの午前中にも拘わらず、コメントが続々と集まってくる。

俺達への応援や文化祭でやりたいことなどのコメントに、朝姫さんは丁寧に返信していく。

朝姫さん自身の人気と気配り上手なおかげで、我が二年A組の雰囲気は良好だ。

こうした前振りでクラスメイトのモチベーションを高めておくことで、強制的にやらされるものという認識ではなく、我が事として捉えて学校行事に参加する人が多くなる。

春の球技大会で優勝したのも朝姫さんの呼びかけによるクラスの一致団結と適切な人材配置の成果である。

「朝姫さんってマメだよね」

「楽しんでやってるから。あ、いいな。朝から彼氏とプール行ってるんだって」

返信していたと思えば、いつの間にかクラスメイトの女子の投稿をチェックしていた。

見せられたのは、水着姿の女子が濡れた前髪を額に貼りつけ、まぶしい笑顔で恋人とVサインをしている写真だった。

「こういうの見ると、旅行が待ち遠しいな」

「ね！　早く海で遊びたい」

　朝姫さんは気の利いたコメントを素早く打ちこみ、画面上に流れるＳＮＳのタイムラインを眺める。

　来る旅行への期待に胸を躍らせながらも、前方のホワイトボードに書かれた本日の議題を見て現実に引き戻される。

「朝姫さん、俺達はなるべく楽な担当をやろうね」

「どうして？　せっかくならステージ担当になってしっかり思い出作りしようよ」

　学校行事に積極的な朝姫さんは、よりにもよって一番大変な担当を候補にあげる。

　神崎先生から指名されたから仕方なくクラス委員を引き受けた俺と違い、朝姫さんは大学の推薦入学を狙っている。

　そのモチベーションの差はいかんともしがたい。

「俺、去年ステージ担当だったから忠告するけど、かなり忙しいよ」

「どうせ当日はどこもバタバタするってば。それが醍醐味なんだから、むしろ一番大変な方が面白いじゃない」

「忙しすぎて、自分達のクラスの出し物さえ片手間でしか参加できなくなるって」

「それは去年の希墨くんが、軽音楽部の叶さんの手伝いまでしてたからでしょう」

「あれ、知ってたんだ？」

　去年は朝姫さんとは違うクラスだったから、てっきり知らないものだと思っていた。

「解散寸前だった叶さんのバンドをステージに立たせた立て役者じゃない。少なくとも文実では有名な話だよ。ライブも大盛り上がりで、去年のステージ担当代表もすごく褒めてたもの」

「俺、そっちは知らないんだけど。最後は疲れすぎて記憶もあやふやだったし」

「実は希墨くんって、面倒事に首を突っこむのが趣味なんじゃない？」

朝姫さんの冗談めかした視線に俺は苦笑するしかない。

「仕方なかったんだよ。同じクラスだった叶が本番の二週間前にバンド内恋愛のもつれで大揉め、喧嘩の仲裁をしてたら、そのままマネージャーしてって泣きつかれて。さすがにメインステージの企画を今さら穴開けるわけにもいかないからさ」

「相変わらず頼られるねぇ」

文化祭が終わるまで忙殺されて、ヨルカのいる美術準備室にはほとんど顔を出すこともできなかった。無理やり時間をつくって立ち寄った時の、ヨルカが淹れてくれたコーヒーが唯一の癒やしだった。あれはほんとうに美味しかったな。至福の一杯だった。

「おかげで文化祭の間、ずっと走っていた記憶しかない」

なんで運動会より動きっぱなしなんだよ、と内心で毒づく。

「いいじゃない。イベントってお客の立場で楽しむのも悪くないけど、主催者側でみんなを楽しませる方が達成感が得られるじゃない」

「それはそうだけど、今年こそはのんびり楽しむだけでいいってば」

なるべく裏方の仕事は減らして、当日はヨルカとふたりで文化祭デートをしてみたい。

「けど、希墨くんは放っておいても自分で忙しくしそうだけどね」

朝姫さんはまるで未来を見てきたかのようなことを言う。

「嫌な予言しないでよ」

「ところでさ、この文化祭の準備期間中にくっつく男女ってすごく多いんだよ。知ってた？」

教室を見渡せば、学校行事の会議にも拘わらず妙に距離感の近い男女が数組見受けられる。

すでに文化祭マジックが発動しているようだ。

「長い時間一緒にいたら親密になるってこともあるのかもね」

「私達もそうなるといいね」

「いや、なったらマズいってば」

「真面目なんだから。夏だしハメを外しても、私は構わないのに」

「朝姫さんは冗談がうまいね」

「クラス委員のお仕事は真面目に、プライベートは楽しくが私のモットー。たまたま希墨くんがその両方の相手として当てはまるだけだよ」

夏休みに入ってから朝姫さんは遠慮がなくなった。

恋人がいる俺に接する距離感や態度が、より好意的なものに変わった。

「友人としては、楽しいのカテゴリーに入ってて安心したよ」

「……もう少し困り顔を見せてくれてもいいのに。私、好きなのに」

朝姫さんは真顔でそんなことを言う。

「困り顔を見るのが好きって、珍しい趣味だね」

「そういう意味じゃないんだけど。けど、やっぱり希墨くんは面白いよ」

朝姫さんは屈託なく笑う。

クラス委員の相棒である以上、夏休みでも俺と朝姫さんは定期的に顔を合わせる。

彼女はむしろ恋心が俺に伝わっている状態の、この曖昧な距離感を楽しんでいるようだ。

「なんだか甘酸っぱい雰囲気だね。瀬名ちゃんと朝姫ってそんな仲良しだっけ？」

振り返ると、顔の整った男子生徒がいつの間にか立っていた。

「花菱。勝手に混ざってこないでよ」

朝姫さんは眉をひそめた。

「やあ、おはよう。朝姫は今日もかわいいね」

息をするように甘い言葉を吐くのは、生徒会長・花菱清虎だった。

髪の毛を明るい色に染めたこのイケメンは、発するオーラも煌びやかな王子様系。

甘いマスクに如才ない微笑を浮かべ、やわらかい物腰に独特のユーモアを交えた会話、まぶしそうに相手を見つめる瞳はどこかアンニュイな色気を帯びる。細身で背が高く、同じ男子の制服を着ているのに誰よりも清潔感があり、爽やかな印象を抱かせる。

それでいて誰に対してもフランクに話しかけるので、男女問わず人気が高い。

特にアイドル顔負けのルックスも相まって、入学時から女子の間で話題だった。

ついたあだ名はプリンス清虎。

そんな彼が満を持して生徒会長選挙に打って出れば、全校投票で断トツの票を集めて当選するのは当然のことだった。

「人の話、聞いてないようね」

先ほどまでは高かった朝姫さんの声のトーンが一気に低くなる。

「生徒会長が遅刻してどうすんだよ、花菱」と俺は茶化すように指摘する。

時計を見れば、会議開始の時刻をすぎていた。

「瀬名ちゃん。生徒会長である僕はみんなのプレッシャーにはなりたくなくてね。あくまでリラックスしながら会議に臨んでほしいという気遣いだよ」

さも計算した振る舞いとばかりに花菱は答える。

「そういうのは、ただの適当って言うのよ」

朝姫さんが呆れたような顔で注意する。

「生徒会長ゆえの重役出勤かな」

「ただの遅刻だからッ！」

朝姫さんは花菱の言葉をいちいち訂正した。

「主役は遅れて登場するって相場は決まってるじゃないか」

「誰が主役よ」

「相変わらず朝姫は厳しいな。まぁそこが刺激的で好きなんだけど」

「はやく席につけ、生徒会長」

朝姫さんは、花菱の態度にずっとイラついていた。割と誰に対してもスマートな対応をする朝姫さんが、珍しく感情をむき出しにしている。

「わかったよ。昔の女房に言われたら仕方がない」

「誰が女房だッ！」

朝姫さんは会議室に響くような大きな声で叫ぶ。

「朝姫、君にとって僕はもう過去の男なのかい？　もしそうなら、とてもさびしいな。一年の時はふたり仲良くクラス委員をやっていたじゃないか」

「アンタとは過去・現在・未来のどこにも仲良くした記憶はないから。妙な言いがかりはやめて！」

キーッと朝姫さんは今にもヒステリックに叫びそうになるのを堪えていた。

「ええ、瀬名ちゃんも僕と朝姫の仲のよさは覚えてるよね？」

花菱と朝姫さんは去年、同じB組でクラス委員をしていた。

よって同じくクラス委員であった俺とも面識があり、花菱は親しみをこめて「瀬名ちゃん」と呼んでくる。

「花菱が尻に敷かれてたのは覚えてる」

「そんな夫婦みたいだなんて照れるな、ねぇ朝姫？」

「いいから早く会議をはじめろ！」

朝姫さんは、いつまでもこの場を離れる気のなさそうな花菱を追い払った。

「まったく、一年経っても一ミリも進歩してないわね」

「なんか去年より花菱に厳しくない？」

「だってアイツの気の抜けた態度って絶対わざとじゃない。ヤル気を出せばちゃんとできるくせに、わざわざ不真面目なふりして。ああいう適当なのが一番腹立つのよね」

教室の前方に固まっていた生徒会の面々は、花菱を待ってましたとばかりに出迎えた。

その様子を見るだけで、花菱清虎が信頼されているのがよくわかる。

「しかも学年三位の成績だもんなぁ」

一学期の期末テストの順位は、一位がヨルカ、二位が朝姫さん。そして三位が花菱だった。

「ね！　ほんと嫌みでしょ。去年だって普段はこっちに判断を丸投げしておいて、要所要所で口出してくるし。そのくせアドバイスが的確なのがまた気に入らないッ！」

俺の知らないところで、朝姫さんはいろいろストレスを溜めこんでいたらしい。

普段はそういう不満や文句を一切表に出さないから、今日のストレートな朝姫さんは新鮮だった。

「手を抜いてるっていうか、花菱は肩の力を抜くのがすごく上手い印象」

俺はできるだけポジティブに擁護してみる。

花菱はサボっているわけでも、相手の手柄を意図的に横取りしているわけでもない。

変に自分を取り繕うこともしないから、本領を発揮した時とのギャップが余計に大きく感じるのだろう。

「甘い！　希墨くんはやさしすぎるから！　アレを好意的に見すぎ！」

「美味しいところをもっていくのも才能といえば才能だし」

いくら目立ちたくても実力がなければ難しい。

アイドル的な人気だけで当選した人に務まるほど、永聖の生徒会長の職務は楽ではない。

人気と実力の双方があるからこそ花菱清虎は生徒会長なのだ。

「むしろ花菱のせいで希墨くんの株が上がったっていうのもあるからね。こっちの苦労を察して、黙って手伝ってくれるってなんてありがたいんだろうって」

朝姫さんはしみじみと呟く。

そんな玉突き事故的な理由で俺の好感度が上がっていたとは驚きである。

『はい、みんなお待たせ。今日は文化祭の役割分担をしていこうと思います。では順番に、と行きたいところだけど、僕が一番重視しているステージの担当から決めていこうか』

マイクを通して、花菱の声が会議室に響く。


本日の会議が終わり、俺は机に突っ伏していた。

「嘘だろぉ――……」

「ごねないの。決まったものはしょうがないでしょう」

「だって、よりにもよってマジで二年連続ステージ担当になるとは」

朝姫さんは自分の希望が通ってご満悦だった。

会議がはじまった途端、花菱が『ステージ担当は花形だけど、やることも大変だからまずは経験者優先で』とか言うものだから、いきなり候補者が絞られることになった。

そこで朝姫さんが俺の意に背いて立候補。

同学年から絶大な信頼と人気を寄せられる支倉朝姫なら問題ない、という空気になる。

『朝姫の実務能力は僕が太鼓判を押すよ。去年のステージ担当経験者で実績もある瀬名ちゃんが相棒だから完璧だね』

生徒会長の花菱の一声で、去年の叶のバンドに関する俺の働きぶりを知る三年が賛同、それに一年生も乗っかる。

かくして朝姫さんと俺はステージの担当者に早々に決定してしまった。

「楽しい夏になりそうだね」

「朝姫さん、実は花菱と裏で話をつけてたりしないよね？」

「アイツとだけは手を組むわけないじゃない！」

朝姫さんはきっぱり否定する。

「僕と朝姫の気持ちが通じ合っていただけだよ。瀬名ちゃん」

花菱が再びやってきた。

「近づくな！　話しかけるな！　帰れ！」

「あはは、朝姫は素直じゃないな」

「包み隠さずぜんぶ本音！」

感情的になる朝姫さんとずっと余裕の花菱。ふたりのその対照的な態度が面白い。

「なんつーか、ふたりのやりとりって漫才みたいだな」

「心外だわ」

朝姫さんは心の底から嫌がっていた。

「夫婦漫才ってことだね。さすが瀬名ちゃん、よくわかってる」

花菱は、ナイスとばかりに俺を指差す。

そういえば、入学当初からこの美男美女のクラス委員コンビで遠慮のないやりとりをしていたことから、ふたりが付き合っているという噂が一時あった。

そのうちに花菱の恋人を名乗る女子が次々と現れ、いつの間にか噂も立ち消えたが。

「花菱とセットで扱われるなんてショックすぎるんだけど」

「大変じゃないか、朝姫。僕が慰めてあげるよ」

その素早すぎる反応に、朝姫さんの表情がますます険しくなった。

「花菱がいると私のペースが崩されるの。いい加減、理解してよ」

朝姫さんのため息交じりの懇願に、花菱はキョトンとする。

「——美人の顔が曇るのは世界の損失だよ。朝姫」

イケメンは真顔でそんなキザな言葉を口走る。

「アンタのせいで曇ってるの」

「……おかしいな。僕がほめると、女の子はみんな喜んでくれるのに」

「自惚れるな、このナルシストめ」

「僕が美しいと認めてくれるのかい。朝姫は見る目があるね」

花菱は言われ慣れてるとばかりに、自信に満ちた微笑を浮かべる。

「話が通じないッ!」

朝姫さんは眉を急角度に吊り上げる。

花菱は誰が見ても天然なところがあった。それが母性本能をくすぐるという声がある一方、会話が通じなくてフラストレーションが溜まるという意見もある。

朝姫さんの場合、完全に後者のようだ。

そんな感じで立ち話をしていると、急に会議室内がザワザワしはじめた。

「希墨、終わった？」

ひょこっと入り口から顔を出したのは、俺の恋人である有坂ヨルカだった。

「え、有坂さん⁉」「有坂先輩、やっぱり綺麗だな」「ほんとに実在するんだ」「こんな近くで有坂さんが見れるなんて今日はラッキー」「え、なんで夏休みなのに有坂さんが学校にいるの？」「おまえ知らないの？　二年に付き合ってる彼氏がいるんだよ」「そうなの⁉　誰？」「えーと、誰だっけ」「知らんのかい！」

ヨルカはそんな周囲の視線を気にしつつも、会議が終わっていることを確かめた上で、俺のところまでやってくる。

「迎えに来た。お弁当作ってきたから一緒に食べよう」

はい、みんな聞いた？　今の嬉しすぎる台詞を言った彼女が俺の恋人ですから！

有坂ヨルカという校内一の美少女を、今一度自慢したくなってしまう。

と、そういう恋人としての喜びと興奮を抑えて、いつも通りの態度を保つ。

「どうした？　わざわざ顔を出すなんて」

いつものように美術準備室で待っていてくれれば俺から出向くのに、人が大勢集まる会議室にヨルカが自ら顔を出すとは驚きだった。

「なんとなく、待ち切れなくて」

ヨルカの言葉に胸がキュンとしてしまう。

夏休みも、ヨルカは文化祭の準備で登校している俺に会うために学校へ来ていた。

「ありがとう、ヨルカ」

今日もヨルカはかわいい。というか俺の恋人はいつもかわいい。

「瀬名ちゃんが、有坂さんと付き合っているってほんとだったんだね。こうしてツーショットで見るとお似合いだよ」

花菱は、ヨルカ相手でもお構いなく話しかける。

「——誰？」

自分の学校の生徒会長も知らないあたり、さすがヨルカである。しかも同学年なのに。

いきなり知らない人に話しかけられて警戒しつつも、ヨルカは「お似合い」と言われたことにまんざらでもない様子だった。

「B組の花菱清虎。今は生徒会長もやっているよ。よろしく、有坂さん」

「希墨とは知り合い？」

「瀬名ちゃんとは無二の親友だよ。去年はクラス委員同士、お互いに助け合ったものさ」

俺は、初対面の相手とまともに会話するヨルカに感動してしまう。

ヨルカであっても動じない花菱が話し相手であるのも大きいが、春先の頃には考えられなかった成長ぶりだ。

「希墨に七村くん以外にも親友がいたんだ」

「七村ッ⁉　やつより僕の方が上だよ！　ねぇ、瀬名ちゃん」

花菱の笑顔が今日はじめて崩れる。

男子バスケ部のエースであり、モテ男の七村に対抗意識を燃やす花菱は、よりにもよって俺に確かめてくる。

「花菱と俺って親友なのか？」

「瀬名ちゃん、ひどいやッ⁉」

「嘘だって。仲がいい友達だよ」

「瀬名ちゃん……」

嬉しそうにこちらを見てくる花菱。

花菱はこういう裏表のない素直な男なのだ。

「変わった生徒会長ね」

「愛されキャラってやつだな」

「それより、お昼。はやく行きましょう」

特にプリンス清虎に興味のないヨルカは、俺を連れて一緒に会議室を出ようとする。

「毎度のように邪魔してきて。有坂さんって暇なの？」

朝姫さんが投げた言葉に、ヨルカは足を止めた。

「誰かさんがクラス委員を口実に、わたしの男にベタベタする可能性があるからよ」

「心配性ね。そんなに自分に自信がないの？」

「まさか。学校でデートしてるだけよ」

「二学期まで我慢すればいいのに」

ヨルカと朝姫さんは笑顔を保ちつつも、言葉で殴り合う。

このふたりの橋渡しだけは、俺にも不可能な気がする。

「ほら、カップルの邪魔をしちゃダメだよ、朝姫。さぁ僕と一緒にランチをしよう。文化祭のことを含めて折り入って相談したいことがあるんだ」

花菱は朝姫さんを俺達から引き離そうとしてくれる。

「まだ話してる途中だから！」

「瀬名ちゃん、朝姫は僕がもらっていくよ。さぁレッツゴー」

「邪魔しないでよ。って、人の肩に手を置くな花菱」

花菱はこちらにウインクして、朝姫さんを会議室から強引に連れ出していった。

こういうところが花菱清虎の優秀さなのだろう。

「いい働きをしそうね。つかえるかも」

ヨルカがなにか企んでいるような顔をしていたので、俺は釘を刺しておく。

「言っとくが永聖の生徒会長だからな、あれはアリアさんと同じタイプだぞ」

「え、劇薬タイプじゃない」

姉であるアリアさんの名前を例えに出すと、ヨルカは怯えていた。

夏休みでも俺達が集まるのは、いつも通り美術準備室だ。

冷房の効いた室内でヨルカとふたりきり。

「今日のお昼はサンドウィッチにしてみました」

ヨルカがランチボックスのフタを開けると、様々な具材をパンにはさんだサンドウィッチが綺麗に詰められていた。BLT、タマゴ、ハムときゅうり、エビとアボカド、照り焼きチキン、シーチキンマヨネーズ。シンプルなイチゴジャムやピーナッツバターをサンドしたものもある。種類が多く、どれも美味しそうな上に、程よい大きさだから食べやすそうだ。

すでに見栄えだけでもヨルカの力の入り具合が感じ取れる。

「なんかすごい凝ってるな。作るの大変だったんじゃないか」

夏休みに入って、ヨルカは凝ったお弁当を作ってきてくれるようになった。

毎度負担になるのも申し訳ないから、外に食べに行っても構わないと俺が言えば、

『わたしは希墨とふたりきりがいい。それに、食べてほしいし』

と、はにかみながら答えた。

いじらしい恋人である。

ますます好きになってしまうではないか。

夏休みの気の進まない登校も、ヨルカと一緒にお昼が食べられるというだけで楽しみになる。

上手くいっている恋愛とは魔法のようなものだ。

当たり前の日々が、些細な出来事が、つまらない時間が、どんどん特別なものになっていく。

「具材を切ってはさむだけよ。作り慣れてるから別に大層なものじゃないし。種類が多いのは、容器に隙間があると嫌だから、つい昨夜のおかずの残りをはさんだり、ジャムを塗ったのを詰めたりしただけ」

ヨルカはさも簡単とばかりに謙遜する。

サンドウィッチは食べるには手軽な料理だが、地味に手間がかかる。きちんと手順を踏まないと具材の水気でパンが湿るなど、食味が悪くなる。

「いつもありがとう」

「うん。遠慮しないで食べて」

俺は早速(さっそく)ＢＬＴサンドをいただく。

焼いたベーコンの塩気と旨(うま)み、瑞々(みずみず)しいレタスのシャキシャキ感、トマトの酸味が一体となって口の中に広がる。シンプルだからこそ素材の質や調理の腕(うで)が味を左右する。

「すげえ美味(おい)しい。さすが、ヨルカ。料理上手！」

俺はあっという間に食べ切ってしまう。

「ほら、そんな慌(あわ)てなくてもたくさんあるんだから」とヨルカが飲み物をすすめてくる。

今日はアールグレイのアイスティーだ。

「美味(おい)しいものは一口食べたら止まらなくなるんだよ」

「喜んでくれたならいいけど」

俺の反応を見て、ヨルカもようやく食べはじめる。

「ヨルカも一緒(いっしょ)に食べればいいのに」

「だって、希墨(きすみ)の反応が心配なんだもの。美味(おい)しくなかったら申し訳ないし」

「ヨルカの料理がマズイわけないだろ。たとえ、どんなものでも俺はぜんぶ食べる！」

「作(つく)り甲斐(がい)があること言ってくれるね」

「すでに胃袋(いぶくろ)をがっしり摑(つか)まれているからな」

俺は自信満々に宣言する。

「わたしだってたまには失敗することもあるんだから」

ヨルカは控えめなことを言うが、これまでに食べたヨルカの料理でマズかったものなどひとつもない。彼女の料理の腕は確かだし、味つけも俺の好みに合っているのだろう。

俺はいつも通り、夢中になってサンドウィッチを食べていく。

ヨルカも一緒になって食べながらも、それ以上に俺の食べる姿を楽しそうに見ていた。

「ヨルカももっと食べれば。俺ばっかり食べて申し訳ないよ」

「作りながらつまみ食いしてたから気にしないで」

「夏バテで食欲がないとかじゃないよな？」

俺は食べる手を止めて、ヨルカのおでこに手を当てる。

「平気だってば。希墨は心配性ね」

「ヨルカが無理してたら、俺も気が気じゃないからな」

「恋人と楽しいランチができて、お腹も胸もいっぱいだから安心して」

彼女の反応のひとつひとつが愛おしい。

かわいいオーラが放出されすぎて、浴びてるこっちは飽和状態になってしまう。

マズイ、冷房が効いてるのに立ちくらみしそうだった。

「ヨルカと一緒にいたら骨抜きにされてヘロヘロになりそう」

「そしたらわたしが看病してあげようか？　別に構わないけど」

そう言って面白がっているヨルカが俺の腕に抱きついてくる。

「ちくしょー、健康なのに看病されたいッ!?」

俺の彼女のかわいさは限界突破しすぎだ。

こんな風に横でちょっかいを出されては、落ち着いて食事もできない。

食欲・性欲・睡眠欲の三大欲求が同時に成立しないのが今ならよくわかる。

いずれも人間にとって大切だから、どれもないがしろにできない。

「はいはい、希墨も体調崩さないように今はちゃんと食事をしましょうね」

ヨルカは自分が手に取ったサンドウィッチを俺の口元に運んでくれる。

俺は大口を開けてかぶりつく。

うん、美味しい。

「はい、よくできました」

子どもをあやすような言い方をされてしまうが、それがまんざらではないと感じてしまうのが悔しい。


サンドウィッチをひとつ残らず平らげ、お腹がいっぱいだ。

「ごちそうさまでした！」

「あ、希墨、口元にパンくずがついてる」

「え、ほんと？」

俺は自分の口元を拭う。

「違う、反対側。ちょっと取ってあげるから、動かないでね」

「うん」

てっきり指で取ってくれるのかと思えば、いきなり顔を近づけてきた。

「え、ヨルカ!?」

「動かないで」

そのまま舌先でペロリと舐められた。

「はい、取れた」

人懐っこい笑顔を向けられて、俺はどう言えばいいかわからなくなってしまう。

あんなに大胆なことをしたのに、ヨルカはあくまで平然を装っている。俺の驚く顔を見て、実に楽しげだった。

「……ズルすぎるでしょう」

俺は嬉しいやら恥ずかしいやらで悶えてしまう。

「なにが？」

「キスしたくなる」

「す、ストレートね」

「誘惑したのはヨルカだろ」

「わたしは希墨の口元を綺麗にしただけなのに」ととぼけてみせるヨルカ。

キスは偉大だ。

一度キスの魔力を知ってしまえば、もう以前の自分には戻れない。

「ねぇ、俺もさすがに我慢できないんだけど」

「──じゃあどうするの？」

ヨルカが挑発的な視線をわざとらしく向けてくる。

「そうだな。これ以上惑わされないように、その悪戯な口を塞ぐしかない」

俺はヨルカにキスをする。

そうやって甘い言葉を吐く唇を黙らせた。

何度確かめても、彼女の唇のやわらかさに飽きることはない。

一度顔を離すと、そこには熱っぽく潤んだ恋人の顔があった。

ちょっと、ヨルカさん。かわいすぎませんか。

「積極的だな」

「食後のデザートよ。別腹だし」

「俺には、甘すぎるんですけど」

「虫歯にはならないわよ」

「病みつきで中毒性高すぎ」

「狙い通りね」

「恐い恋人だ」と俺は軽くおどける。

「甘えられる相手には遠慮しないだけ」

「そりゃ俺以外にこんなことされたら困るし」

「安心して。わたしがキスするのは希墨とだけよ」

「自分でもキスって言っちゃってるし」

「じゃあ、しないの？」

俺達はそうして唇をまた重ねた。

幕間一

今は夏休みだけど、あたしこと宮内ひなかは友達と会うために久しぶりに登校した。

約束の時間は二時だけど、少し早めに着いてしまった。

「あ、美術準備室にスミスミもいるかな」

クラス委員のスミスミが文化祭の準備で学校に来ている日は、ヨルヨルとお昼を一緒に食べていることを思い出す。

せっかくだからと、あたしは美術準備室に寄り道をしてみることにした。

ちょっと顔を出すだけだし、メッセージで知らせる必要もないだろう。いなかったら、それはそれで構わない。

ただ、軽音楽部の部室へ向かうにあたり、スミスミがいてくれれば心強い。

真夏なのにひんやりとした薄暗い廊下をひとりで歩くのは、なんだか不思議な気分だ。

「ヨルヨル、スミスミ。いるー？」

扉をノックして、声をかけてみる。

「ひ、ひなかちゃん⁉」

中からヨルヨルの慌てたような声が返ってくる。

「入ってもいい？」

「ちょ、ちょっと待って！　お昼を食べ終わったばかりで。今片づけるから！」

「別に気にしないよ」

なにやらバタバタと騒がしい。お弁当を片づけるのは、そんなに大変なのだろうか。

「ど、どうぞ」

あたしが入ると、スミスミはヨルヨルからやけに離れたところで不自然に立っていた。

「やぁ、みやちー」

彼はいつもみたいにあたしをニックネームで呼ぶのだけれど、なにか様子がおかしかった。

「スミスミ、どしたの？」

「なにが？　どうもしないけど」

「……石膏像を撫でてるのはどうして？」

「め、女神の芸術的なボディラインをこの手で再確認してるんだ」

行動が不審すぎる。単純にお昼を食べていたというわけではないのかな？

「恋人同士なんだから、自分の彼女を触ればいいのに」

「み、みやちーッ⁉」「ひなかちゃん⁉」

「――冗談だからね。夏だからって盛りすぎ注意だよ、ここ学校なんだから」

あたしがジーっと見つめると、なぜかふたりは慌てててる。

「ところで、みやちーどうしたの？　ヨルカに用事？」

「今日はスミスミに用があって」

「俺？」

「あのね、軽音楽部まで一緒に付き合ってほしいかなって」

「……軽音楽部？」

「ちょっと、メイメイがヘルプみたいで」

「叶が？」

一年生の時にスミスミやあたし、ヨルヨルと同じクラスで軽音楽部の叶ミメイちゃんが今年も困ったことになっていた。

相談されたあたしは、心配して学校に来たというわけなのだった。

スミスミはメイメイの名前を聞いた途端、盛大にため息をつく。

「原因は去年と似た感じ」

「相変わらずみたいだな、あの問題児は」

「ねぇ、また新しい女の名前が出てきてない⁉　希墨、ひなかちゃん、説明して！」

ヨルヨルはメイメイが女の子だとすぐに察した。

さすがだなぁ。

この前の神崎先生の代理彼氏の一件といい、お姉さんの企みや朝姫ちゃんの開き直りといい、ヨルヨルはますます敏感になっている気がする。

もっとも、ヨルヨルはメイメイと同じクラスだったことを覚えていないようだ。

「大丈夫だよ、ヨルヨル。心配しなくていいよ」

「それに叶は、七村の元カノだ」

「七村くんの元カノ!?」

ヨルヨルは寝耳に水とばかりに大きな声を上げた。

「ひなかちゃん、ほんとに?」

「そうだよ」

「じゃあ問題ないか」

あたしの言葉を素直に信じてくれるんだから、ヨルヨルとの友情に嬉しくなる。

「むしろ俺の言葉を真っ先に信じろよ」

スミスミはちょっと不満げだ。

「女性関係だけは例外。希墨は少し無自覚すぎるところがあるもの」

「そんなラブコメ漫画じゃあるまいし」とスミスミは鼻で笑う。

彼は本気でそう思っているのだから、怒るに怒れないのだ。

彼がやさしいのは、別に女の子にモテたいという下心からではない。

瀬名希墨という男の子は誰に対してもフラットに接し、相手が困った時には助けるために労を惜しまない。

そんな性格ゆえに自然と周りの信頼を集め、場合によっては彼に恋心を抱いてしまう女子もいるというだけのことだ。

「で。スミスミ、これから一緒に来てくれない？　もちろんヨルヨルも」

「ステージ担当になった以上、どうせ叶とは顔を合わせるもんな。わかった、とりあえず様子見で行くよ」

スミスミは渋い顔をしつつも了承してくれた。

「わ、わたしも行っていいの？」

「もちろん。演奏を聴いてくれる人が多い方が、喜ぶだろうし」

そうしてあたし達は三人で軽音楽部の部室へ向かうことにした。

「ねぇスミスミ。さっき、ほんとはなにしてたの？」

廊下を歩きながら、あたしはスミスミにこっそり訊ねる。

「ふつうにヨルカの作ってくれたサンドウィッチを食べてただけだけど」

「――ヨルヨルのつかってるリップ、口元についてるよ」

「え⁉」

慌てててスミスミは自分の口元を手で拭う。

「へぇ～ほんとにキスしてたんだ」

「あっ……みやちー、俺を試したな」

「やだなぁ。恋人同士ならイチャつくくらい当然じゃん」

「いや、まぁ、そうかも、だけど」

「恥ずかしがることないのに」

「そうは言ってもさ」

顔を赤くして狼狽する彼の姿は珍しい。

スミスミは、どう反応していいか困っている様子だ。

「今さら気にすることないのに」

あたしは本心からそう伝えた。

第四話　ロックンロールは鳴り止まない

ここまではまったく人気がなかったというのに、軽音楽部の部室前の廊下には部員達が鈴なりになっていた。

練習をしているわけでもなく、なにやら閉じられた部室の扉の前で中の様子をうかがっている。

一般的な高校の軽音楽部であれば部員はせいぜい一学年で十人、総勢三十人くらいだろう。

しかし永聖の軽音楽部は叶ミメイのカリスマ的人気のせいか、五十人超えの大所帯だった。

初心者レベルから高校生離れした技巧派まで多様なバンドがいくつも結成され、日々音楽に情熱を燃やしている。

部員達は一様に戸惑っているような表情をしており、叶ミメイをいかに心配しているかがよくわかった。

「はーい、ちょっとごめんね！　メイメイに呼ばれてきたよー！」

みやちーの小さな身体が先陣を切って、人垣を割っていく。

「宮内さん、来てくれたんだ⁉　それに瀬名くん――え、有坂さんもッ⁉」

こちらの到着に気づいたのは去年同じクラスだった軽音楽部の子である。

その一声で、部員達はモーセの十戒のごとく海を割る勢いで道を譲っていく。

ヨルカの思わぬ登場に驚く部員達。不躾な視線を向けられてヨルカがムッとした顔をすると、部員達はさらに後退る。

「やっぱりジロジロ見られるのは嫌い」

ヨルカは横で小さくぼやく。

「叶は、だいぶ荒れているみたいだな」

防音を施した扉越しにも、ギターをかき鳴らす音が聞こえる。

「いつものガス抜きの儀式みたいなものだから」とみやちーは意に介さない様子で言った。

「儀式？」

「気分転換したい時はひとりで大きな音を鳴らすとすっきりするんだって」

「みやちー、そんなに叶と仲良かったんだ。他の部員達とも親しいみたいだけど」

「メイメイとは音楽の趣味も合うし、去年から軽音楽部に時々出入りしてるからね」

「みやちー、歌上手いのに入部はしてないんだ」

「あたしは基本的に聞く専門」

他人に披露することには興味がないと、みやちーは妙に強調する。

「――この人、すごく上手い」

意外なことにヨルカが興味を示した。

「ヨルヨルってなにか楽器弾けるの？」

「わたしは、子どもの頃にピアノ習ってたくらいだけど」

「謙遜するなって。この前、ヨルカの家でピアノの演奏を聞かせてもらったんだけど、かなり上手かったよ」

「宮内さん。叶さんのこと、よろしくね！　瀬名くんも去年みたいに叶さんを助けてあげて」

軽音楽部一同から期待の眼差しを向けられる。

いや、俺、マネージャーを引き受けるなんて言ってないからな。

「ねぇ希墨、ひなかちゃん。その叶さんって人、なにがどう問題児なの？」

状況を把握できないヨルカがあらためて訊ねる。

「メイメイはね、超絶技巧のマルチプレイヤーで軽音楽部のカリスマなの。去年の文化祭のメインステージで観客を総立ちにしたロック・クイーンだよ」

「そしてバンド・クラッシャーでもある」

「……音楽の才能はあるけど、すごい恋愛体質ってこと？」

みやちーと俺の説明をヨルカが要約した。

「そう単純であれば話は楽なんだけどな」

俺がそう返すと、ヨルカはますますわからないという顔になる。

みやちーが勢いよく扉を開けた。

途端、落雷のようなギターの爆音が溢れ出す。

音漏れしないように慌てて扉を閉める。

カーテンを引いた暗い部室で、迸る火花のような鋭い音。

長い金髪を振り乱してギターをかき鳴らしているのは、ミニスカートを穿いたギャルだった。

どこか神懸かり的な常軌を逸したような高速プレイ。

長い指先が自由自在にネックの上を動く。

怒りを音に叩きつけているかのような激しい演奏。

だというのに、どうして惹きつけられるのか。

ギリギリのところで雑音にはならず、メロディーとして成立しているのは奏者の卓越した技術の賜物だろう。正確無比な指の動き。そのプレイに内包された豊かな感情の彩りと力強さに、聞く者の心は否応なく揺さぶられる。

素人の俺でも叶ミメイのすごさはわかった。

みやちーは惚れ惚れしながら見つめている。

ヨルカも目を見張りながら聞き入っていた。

プレイに没頭している叶ミメイは俺達が来たことにも気づかず、ギターを奏で続ける。

俺達はそんな神懸かり的な演奏を中断させるのが躊躇われ、声をかけられずにいた。

だが、爆音は突然途切れる。

「ふぅースッキリした」

先ほどまであの激しいプレイをしていた人物とは思えない、ぽややんとした間延びした声で叶はぽつりと言った。

そして、ひとつ長い息を吐きながら汗ばんで乱れた長い髪をかき上げる。そこでようやく俺達に気づいた。

「あれー、みんないつの間に来たの？　びっくり」

いくら爆音で演奏していたとはいえ、俺達の入室に一切気づかないなんて。どれだけ集中していたのだろう。

「メイメイ、スミスミを連れてきたよぉ」

「ありがと。セナキスのことなら、ひなかに頼むのが一番だね」

叶ミメイと仲がいいみやちーはトコトコと叶に近づいて、両手を合わせた。

「誰がセナキスだ。相変わらず、演奏している時とギャップありすぎだぞ」

「まぁまぁ、このニックネームは親愛なるマネージャーさんへの信頼の証みたいなものだよ。来てくれてありがとう」

「久しぶりだな、叶」

「セナキスも元気そうだね。まぁゴミゴミした部室ですがどうぞどうぞ」

叶ミメイはのほほんと笑って、ギターを肩から下ろし、スタンドに立てかけた。

相手を和ませるやや舌足らずな口調に、のんびりとした表情とゆったりとした動作。

目をつむって会話をすれば大人しくて愛嬌のある女の子という印象を抱かせるだろう。

だが、その外見を一言で評するならギャルだ。

別に叶が自らの趣味でギャルメイクをしているわけではない。

バチバチにスタイルがよく、誰が見ても派手顔。ラテン系のクォーターで濃い金髪の長い髪、浅黒い肌。彫りの深い顔立ちで目鼻がぱっちりしている。背が高く、腰の位置も高い上に、制服のスカートを短くして穿いているせいで長い脚が余計に強調されている。

独特のエキゾチックな色気を漂わせるこの大人っぽい同級生は、素のままで見た目がギャルっぽいのだった。

「カーテン開けるぞ。どれだけギター弾いてたんだよ、汗だくだぞ」

俺がカーテンを引くと、強烈な夏の白い光に一瞬だけ目が眩みそうになる。

ついでに窓を開けて軽く換気をする。冷房で冷えていた室内に、一気に熱風が吹きこんだ。

「はーすっきりした。喉渇いた」

叶はカバンからタオルを取り出して汗を拭き、ごくごくとミネラルウォーターで水分補給。

そもそも化粧なんてしてないからメイクが崩れることもない。

「メイメイ、相変わらず超絶技巧だね。ナイス」

「困った時は爆音でかき鳴らすのが一番。ところで、なんで有坂さんもいるの？」

様子を窺うように黙って立っていたヨルカに、叶は自分から話しかけた。

緊張している時のヨルカはその美貌ゆえに不機嫌に見えてしまう。大抵の人は話しかけるのに躊躇するが、そこは叶。ヨルカに臆することなく平然と声をかける。

「わたしのこと、知ってるの？」

「だって去年同じクラスだったし、移動教室でも同じ班だったよ。当たり前だよ」

「…………」

去年までの有坂ヨルカはバリバリの人嫌い。周りに一切興味がなかった。

クラスメイトの名前と顔をろくに覚えていないのも無理はない。

まったく面識がないと思っていた叶と繋がりがあったと知り、決まりが悪そうだ。

「もしかしてウチの演奏を聞きに来てくれたの？」

黙ってしまったヨルカに、叶は勝手に話し続ける。

「メイメイ。ヨルヨルとスミスミは付き合ってるんだよ」

「それって恋人同士ってこと⁉　わぁ、そうなんだ！　すごい！」

初耳だったらしい叶は盛大に驚き、そして喜んでいた。

「セナキス、やるね！　有坂さんと付き合えたなんてよかったね！　ふたりともおめでとう！　お似合いだよ！　素敵！」

叶のあまりにもストレートな祝福に、ヨルカは戸惑っているようだ。

格差カップルだの言われるのが定番だったから、俺もなんとも心地よくもむずがゆい。

ヨルカはおもむろに俺のシャツの袖を引いた。

「ねぇねぇ、叶さん、すごくいい人よ。わたしには問題児には見えないんだけど」

どうやらすごく嬉しかったらしい。

「それをこれから話すんだ」

俺達四人は思い思いに椅子に座って、本題に入る。

「で、なんで俺が呼ばれたわけ？」

「えっとバンドが解散しちゃったので新メンバーを集めたいの。だから、今年もセナキスにはウチのマネージャーをやってもらいます」

叶は引き受ける前提で俺に言い渡した。

とんだサブスクリプションなみの自動更新っぷりだ。

承諾してもいないのに勝手にマネージャーを継続させるな。

「マネージャーなんぞやらん」

俺は冷ややかな声で拒否する。

去年の二の舞になるわけにはいかない。

「じゃあ去年はなんでしてくれたの？」

「あれはクラスメイトのよしみ。今年は別クラスだろ。他のやつに頼め」

「セナキス、頼りになるし。丸投げしておけば安心だから」

叶の緩い雰囲気のせいで、いまいち緊急性や切迫感が感じられない。

「堂々と丸投げって言うな」

「じゃあ、お世話係でいいから」

「ほぼ同じ意味だろ」

「せめて雑用係で」

「さらに格が落ちてるじゃねえか」

「だってぇーウチ、楽器弾くしかできないし……」

叶は真剣な顔で訴える。

「ねぇ叶さん、去年なにがあったの？」

ヨルカは助け舟を出すようにおずおずと訊ねる。

「さっき見た通り、楽器の腕は本物だ。音楽にだけは真剣に向き合っているのは俺も認めてる。だけどこのルックスと性格のギャップが少々厄介でな」

「厄介？」

「簡単に言うと、バンドを組んだ男子がみんな、メイメイを好きになっちゃったんだよね」

　みやちーのオブラートに包んだ説明を、俺が具体的に補足する。

「よくも悪くも叶はモテるんだよ。女子にモテたいと思ってバンドをやる連中は、まずは手近な叶に目をつける。音楽好きの連中は、マニアックな話ができる貴重な異性の叶にこれまた自然と惚れてしまう。結果、バンドメンバーの野郎全員が叶ミメイを取り合う状況が発生するというわけ」

　いわゆるギャルでゆるふわキャラな叶ミメイは、男に狙われやすい要素が揃っているのだ。

　遊び慣れてる男からは軽そうな女に、音楽一筋の男からは自分の趣味に理解のある女の子に。

　その結果、叶本人が望んでもいない入れ食い状態が発生する。

　あれはちょっとした地獄だった。

　いわゆるサークルの姫状態で、バンドのメンバー同士で叶を奪い合う様はかなりの修羅場だ。

　男の意地と見栄がぶつかり合い、バンドの雰囲気は最悪に。それでいて肝心の叶ミメイは天然ゆえに誰に対してもまったくその気がないという悲しいほどのすれ違いっぷり。

　叶自身が一途なのは音楽のみ、恋愛なんてまるで興味がなかった。

一方的にのぼせ上がった男達だけが憎しみ合い、バンドは空中分解も同然の状態となってしまった。

「それで、なんで希墨が去年マネージャーをしたの？」

「叶のバンドは一年生ながら軽音楽部では明らかに頭一つ抜けた存在で、文化祭のメインステージの目玉と言われていた。それが文化祭直前に解散となれば、面倒なことになる。プログラムは刷り終わってるし、正直代役に立てられるほど集客力のあるバンドもなくてさ」

——才能とは替えが利かないことに価値が出る。

芸術・表現の世界では唯一無二の才能が表舞台に立った時、圧倒的な輝きを放つ。

叶ミメイはただルックスがよくて、演奏技術が優れているだけではない。

彼女がステージ上で発する存在感は、誰にも真似できるものじゃなかった。

「たかだか高校の文化祭なのに？」

ヨルカがそんな疑問を投げかける。その妙な巡り合わせに、俺はほくそ笑む。

「永聖の文化祭が大規模化したことによる弊害のひとつだな。大きなことをするにはお金がかかる。かけた予算はきちんと回収しないといけない。だから告知にはかなり力を入れていたし、宣伝動画もバンバン流してた。叶のバンドを目当てに来る外部の客もかなり見込まれていた」

「お姉ちゃんの余波がここにも」とヨルカは苦笑い。

「ウチのパパがSNSで共有したらすごい拡散されちゃったんだよね」

叶の見栄えのよさと女子高生離れした卓越したその演奏技術は人々の注目を集めるには十分すぎた。

叶の両親はともに音楽関係の仕事をしており、幼い頃から音楽に囲まれた環境で楽器を遊び道具に成長してきたという。

「で、俺がマネージャーとしていろいろ調整したわけ」

俺はどうにも才能に恵まれた人が活躍の場を奪われるのが許せない。

七村がバスケ部を辞めそうになった時と同じだ。

「そこはスミスミがさすがなところでね。辞めるはずだったバンドメンバーをひとりひとり説得して、本番のステージに立たせたんだよ。ね、スミスミ！」

「俺はみんなの恋バナを聞いて、きちんと気持ちの整理をつけさせただけだよ。その上でもう一度だけ男気を見せるように説得したんだ。恋は実らなくても、高校時代で最高のライブをする機会は残ってるだろうって」

自己表現をする手段をもっている人が俺には羨ましい。消化しきれない感情を言葉以外の方法で発散できる。この部屋に入った時の叶ミメイがまさにそれだ。喜怒哀楽を音に乗せて解き放つ。演奏を終えた瞬間の叶のスッキリした顔はいつも印象深い。

「あのライブは高校の文化祭レベルを完全に超えてた。すごかったな、あたし感動したよ」

みやちーはいち観客としての感想を熱っぽく述べる。

叶ミメイの音楽的センスや演奏技術に周りが引っ張られたからだろうか。去年のメインステージのライブはプロと見紛うほどのレベルの高いものばかりだった。

「ひなかは最前列で聞いてたよね。ありがと」

「――で、去年の文化祭に出たバンドはどうなった？」

俺は期間限定のマネージャーだったので、その後の活動状況までは詳しく把握していない。

「結局すぐ解散しちゃった」

「じゃあ今年解散したってバンドは」

「うん、別の人達。なぜかみんな喧嘩して辞めちゃうんだよね。どうしてだろー、ウチは楽しく演奏できればそれでいいのに」

無自覚なバンド・クラッシャーは本気で不思議そうだった。

「俺、もう少し振る舞いには気をつけろって去年注意したぞ」

「えーセナキス、酷ーい。ウチのせいじゃないってば。きっと音楽性とかの違いだよ」

「ハハハ、冗談。むしろ女の好みだけは全員一致してるじゃないか」

俺は乾いた笑いを浮かべるしかなかった。

「まぁまぁ、スミスミ。メイメイが悪いっていうわけじゃないんだし」

「ほんと、刃傷沙汰が起こってないのが奇跡だな」

「誰かが怒りそうになると、別の誰かがメイメイを守ろうとするからね」

みやちーはこじれそうな現場を何度か目撃しているようだ。

「そりゃ女子に逆ギレしても自分が嫌われて、恋敵の株を上げるだけだもんな」

周りの男がどれだけ惚れこんでも、音楽にしか興味がない叶ミメイは一向に気づかない。

最終的に喧嘩別れか、相互監視の緊張に疲れてバンドを去っていくのだろう。

「一方的に関心をもたれるって苦労するわよね」

ヨルカは自分の境遇を重ねて、叶に同情的だった。

「つまり現状、ゼロから新しいメンバーを集める必要があると」

「うん」

返事だけは百点満点な叶。

「がんばってくれ。陰ながら応援はしてる」と俺は腰を上げた。

「セナキス、殺生！　友達を見捨てるの！」

「俺、天才タイプの人とは程よい距離を保っていたいんだ」

「そんな、褒めるってことは引き受けてくれるの？」

「ポジティブシンキングすぎないか……」

こういう抜けたところが愛されキャラたる所以であり、危ういところでもあるのだ。

「訂正。わたしとは微妙にタイプが違うみたいね」

「むしろヨルカとは真逆だな」

慎重なヨルカが他人を遠ざけがちなのに対して、考えなしの叶は誰にでもオープンすぎる。

「へぇーウチってそうなんだ」

自覚のない叶は他人事のように呟く。

「軽音楽部でオーディションでもして見つければいいだろ。文化祭だけの即席バンドでも叶がいれば十分格好がつく」

俺はまず現実的な提案をする。達成すべき目標は去年となにも変わらない。

大切なのは、バンドで演奏したい叶ミメイを文化祭のステージに立たせることだ。

彼女が納得できるメンバーでステージに上がれば必ずや結果を出してくれる。

固定メンバーのバンドでなくても、腕利きを集めればメインステージの演奏として問題はないはずだ。

「軽音楽部は難しいかも。みんなメイメイを尊敬してて逆に遠慮しちゃってるの。それに自分達のバンドだけで手一杯みたい」

みやちーの顔色を見るに厳しそうだ。

叶ミメイは好かれている。

叶がギターをかき鳴らしている間、部員達が廊下で心配そうに待っているあたり、彼女が一目置かれ尊敬されているのは間違いない。

「ウチは上手い下手なんて気にしないのに」

「外部からサポートメンバーを呼ぶのは？」

ヨルカが意見を述べる。

「あくまで高校の文化祭だからな。出られるのは永聖の生徒だけなんだ」

「じゃあ校内で、軽音楽部以外で楽器の弾ける人を探すしかないね」

「どうした、ヨルカ。協力的じゃないか」

「叶さんのステージはわたしも見てみたいからね。それで、具体的にはどんな楽器を弾ける人が必要なの？」

「なんでもいい。ウチはなんでも弾けるから、足りないパートをやるつもり」

「なんでも弾けるって？」

叶の言葉が呑みこめず、ヨルカはオウム返しにしてしまう。

「ヨルヨル。メイメイはギター以外にも、たいていの楽器が弾けるすごい子なんだよ」

「ベースやドラムも？」

「うん。見せようか」

ベースを手にした途端、顔つきが変わる。

あれほど緩かった雰囲気が、別人になったように鋭い顔に一変。

そこからは叶ミメイによるワンマンショーだった。

ベースをベケベケと弾いたと思えば、ドラムでは軽快かつ正確なリズムを刻む。

「バンド組むより、いっそひとりでステージに立てばいいんじゃね？」

器用すぎる叶を見ていると、俺は思わず短絡的なことを言ってしまう。

「嫌。誰かと一緒に演奏するから楽しいの。自分では見つけられなかったからセナキスを呼んだんだよ。心当たりない？」

叶はゆるふわキャラだが、音楽に関しては芯はブレず折れない。

きちんと自分で手を尽くした上で俺を呼んだその努力は認めよう。

叶ミメイはあくまでもバンドを組んでの演奏をご希望らしい。

「俺、ドラムなら心当たりあるけど」

「セナキス、教えて！」

「生徒会長の花菱」

「あの派手な生徒会長か」「え、花菱くん!?」

ヨルカとみやちーは揃って意外そうに驚く。

あいつの家に遊びに行った時、ドラムセット一式が揃っていた。ストレス解消のために叩いているらしく、聞かせてもらったことがあるが、その腕前は中々のものだった。

「じゃあ、その人に頼んでみよう」と叶はいきなり乗り気だ。

「文化祭当日の生徒会長にステージでライブをやる暇はないと思うぞ」

「そっか……じゃあ、しょうがない」

あっさり諦める。ほんとに楽器さえ弾ければ誰でもいいらしい。

「あ、もっと現実的な候補がひとりいた」

「誰？」

みやちーが期待に満ちた目をして答えを待つ。

俺は隣に座っている自分の恋人を指差した。

「え、わたし⁉　無理。無理だから」

「ヨルカのピアノの腕前は俺が保証する」

「いいじゃん！　まずは音を合わせてみようよ！」

叶は迷わずヨルカの手をとり、キーボードの前に連れていく。

手と手が触れた瞬間、ヨルカはハッとした表情になる。

戸惑うヨルカの横で、叶はギターを構えた。

「さぁいくよ」

叶がギターを鳴らしていく。

ヨルカは仕方なくキーボードに指を置き、ギターの音に合わせて旋律を奏でていく。

打ち合わせなしの突発的なセッション。

だが、さすがにヨルカだ。このギターと鍵盤のアンサンブルは中々聞かせた。

「ヨルヨル、上手」

同じようにみやちーも感心していた。

俺はこっそりスマホを構え、演奏風景を撮影する。

ヨルカは弾くことに集中していて気づいていない。

真剣な横顔はとても綺麗だ。

ヨルカの指先が鍵盤の上を軽やかに滑る。

叶はヨルカの様子を窺いながら、徐々にギターのリズムを速くしていった。

ヨルカも音の変化を敏感に察知して、それに合わせる。

リードする叶は試すようにヨルカをどんどん振り回す。

それに遅れることなくついていくヨルカも実に楽しそうな顔をしていた。

俺は耳を澄ましつつ、楽しそうな恋人の表情に惹きつけられてしまう。

演奏が終わる。

ヨルカはどこか呆けた表情で、演奏の余韻に浸っていた。

叶はギターを担いだままヨルカに駆け寄り、その両手をとる。

「ウチ、有坂さんとステージに立ちたい！　お願い、バンドのメンバーになって？」

「え、えっ。人前で演奏するんでしょう⁉　無理だよ！」

「お願い！　有坂さんと一緒に音を合わせてる間すごく気持ちよくて楽しかった！　誰でもいいわけじゃない。ウチ、有坂さんと演奏したい！」

なんだ、愛の告白か。

ヨルカの顔も、心なしか俺が告白した時と同じように上気しているように見えた。

俺の恋人は、叶のまっすぐな熱い求愛にどう答えたものかと困っているようだ。

ただ、叶の誘い文句はよかった。

ヨルカの演奏技術を買っているのではなく、セッションした時のフィーリングが決め手と言っている。

「わたし、鍵盤しかできないし……」

「有坂さんが入ってくれるなら鍵盤に合わせた編成のバンドにする。それくらい大好き！」

叶は目をキラキラさせてヨルカを引きこもうとする。

「ど、どうしよう希墨」

「俺はやってみればいいと思う」

「なんで？」

俺が賛成するのが意外だったらしく、ヨルカは理由を訊きたがった。

「いつものヨルカなら嫌な時はきっぱり断る。即答できないってことは、やってみたいっていう気持ちがあるんだと思う」

「あたしも同意見！　ヨルヨル、メイメイと弾いてる時すごい楽しそうだったよ！」

俺とみやちーが揃って背中を押すせいで、ヨルカはますます悩みはじめた。

よりにもよって文化祭のメインステージ、大勢が見に来る。

他人に注目されるのが超苦手なヨルカとしてはありえない苦行だろう。

だけどみやちーも言うように、演奏している時のヨルカは楽しそうだった。

てっきり自分ひとりでピアノを弾ければ満足なのかと思っていたが、叶とセッションしていた時の顔つきは、有坂家のリビングで弾いていた時よりも遥かに活き活きとしていた。

「……無理だよ。わたし、知ってる人の前でしか弾けない。本番では知らない大勢の人が見てくるのよ」

ヨルカの口振りは消極的だ。

「有坂さん、ステージに立つのは誰でも緊張するよ。だけどウチが横にいる。ひとりじゃないから安心して」

叶は、運命の相手を見つけたとばかりにヨルカの手を離さない。

「いや、でも」

「具体的になにが不安なの？　教えて。ウチにできることなら解決するし、精一杯努力するから」

「し、知らない人と、バンドとか上手くやれる自信もない」

「じゃあ知ってる人と組もう！　ひなかがボーカルで、セナキスがギターね」

叶の突拍子もない提案に、今度は俺とみやちーが面喰らう。

「ひなか、歌上手じゃない。セナキスも去年ウチ達といる時にギター買ってたじゃん」

名案が閃いた、これでぜんぶ解決とばかりに叶は会心の笑みを浮かべる。

「ひなかちゃんが歌上手いのはカラオケで知ってたけど、希墨がギター弾けるなんて初耳」

ヨルカは期待をこめた目でこちらを見てくる。

「お遊び程度だ。とても文化祭で披露できる腕前じゃない」

俺の自室にあるギターはなにを隠そう去年叶のマネージャーをやっていた時に触発されて買ったものだ。

基本的なコードが弾けるようになったくらいで、どう考えても叶やヨルカの足を引っ張るのは目に見えている。なにより最近はヨルカとのデートで忙しくて、全然ギターに触っていない。

「まだ夏休みがはじまったばっかりだよ！　今から練習すれば大丈夫！」

叶は能天気に断言する。

「そんな簡単にできるか！」

「有坂さんのためじゃん」

できる連中の言葉を信じてはいけない。凡人の不器用さを舐めるな。ひとつの技能を習得するには相応の時間と努力を積み上げなければコツのひとつも摑めやしない。

「マネージャーよりハードルが上がってるんだぞ」

「んーあたしも正直、気は進まないかな。こういうのは出たい人が出るべきだと思うし……」

俺もみやちーも自分がやるか、と問われれば返事に窮する。

ヨルカがバンドに参加するならマネージャーくらいは引き受けただろうが、自分がメンバーになるとなれば話は別だ。

「校内探せば、バンドで一発目立ってモテたい連中なんていくらでもいるだろ」

「そういう軽薄な人って大抵すぐに音をあげるからアテにならないよ。顔見知りの方が安心」

さすが、軽音楽部。その手の連中を腐るほど見てきたらしい。

「ひなかがボーカル、セナキスがギターだからウチがベースを弾くよ。そこに有坂さんのキーボードと、あとはドラムがいれば完璧。うん、今年の文化祭は勝ったも同然だね」

「その即席バンドで勝算を見出せる叶の感覚が、素人の俺にはわかんねえよ」

叶ミメイの描くバンドの理想形に、俺はまったく乗れない。

叶ミメイの音楽的才能なら認める。去年間近で見ていたからこそ、それだけは信じられる。

ヨルカの流麗なピアノとみやちーの美声なら心配ない。

だが、問題は俺だ。俺は俺のギターの腕を信じられない。

「どう、有坂さん。きっと楽しいよ。だからみんなで一緒にバンドやろう！」

叶だけは一切の迷いがない。

「……しばらく、考えさせて」

ヨルカは悩みに悩んだ末、絞り出すようにこう答えた。

「返事は夏休みいっぱい待つね。けど、セナキスの練習時間は多い方がいいよ」

そう叶に言われて、俺達は軽音楽部の部室を後にした。

マネージャーを断るつもりが、逆にバンドメンバーに誘われてしまった。

「と、とりあえずメイメイはもう大丈夫。他のメンバーをなんとか探すってことになったから」

廊下で待っていた部員達にみやちーが伝えると、みんな安心した様子でほっと肩の力を抜いた。

「そんなに心配なら誰かサポートメンバーに名乗りでればいいじゃないか」

俺が思わず漏らすと、男子のひとりが代表して答える。

「叶先輩は誰よりも音楽に真剣っす。……叶先輩のバンドのメンバーって上手い人ばっかりなんすよ。そんな人達が無理だったのに未熟な俺らでは務まらないっす」

「叶は相手の実力なんて気にしないだろ」

彼女が大切にしているのは、一緒に音楽を楽しめるかどうかである。

「……けど、バンドが解散するたびにさっきみたいに爆音で弾いてる姿を何度も見てるっす。中途半端は失礼っす」

彼らなりの誠実な態度に、部外者の俺はなにも言い返せない。

叶が音楽に真剣だからこそバンドが解散して傷つく姿を、部員達は近くで見てきた。

尊敬し、カリスマと崇めているからこそ、叶に迂闊な態度はとれないようだ。

あるいは一緒にバンドを組めば過去のメンバーの二の舞になり、叶と決裂してしまうのではないかという恐れもあるのかもしれない。

「それなら叶に追いつけるようにもっと練習しろよ。心配だけしてないでさ」

「俺らは、叶先輩みたいに才能があるわけじゃないんで」

最初から差がありすぎると諦めている部員達に、俺は妙に苛立ってしまった。


三人で廊下を歩きながら叶の誘いについてあれこれ意見を交換する。

「……音楽ってフィーリングも大事だから、メイメイがあんなに熱心に誘ってきたってことはヨルヨルの演奏に琴線に触れるものがあったんじゃないかな」

叶と親しいみやちーとしては断るのは心苦しいようだ。

「叶さんの指先、すごく硬かった。爪も短くて。ちゃんと音楽をやっている人の手だった」

「ヨルカ。正直どう思った？」

「叶さんと演奏するのはわたしも楽しかったよ。ひなかちゃんと希墨が参加してくれるなら心強いけど、やっぱり文化祭に出るのは……」

バンドをやることと人前で演奏することは、ヨルカにとってはまったくの別問題のようだった。

俺達は一階まで下り、中庭を抜けようとして、自販機で飲み物を買っていた七村と出くわす。練習終わりらしく首にタオルをかけている。

「なんだ、お揃いじゃん。時間あるなら体育館に来ないか？」

幕間二

ななむーがひとりで居残りの自主練をしているのは知っていたけど、夏休みでもそれは変わらないらしい。

今、体育館はあたし達の貸し切り状態だ。スミスミは制服姿のままドリブルやシュートをして自由に遊んでいる。もう一方のリングでは、ななむーがスリーポイントシュートをひたすら練習していた。

あたしとヨルヨルは、ステージの上でそんなふたりの様子を眺めていた。

「ここにひなかちゃんといると球技大会を思い出すね」

「ヨルヨル、夢中になってスミスミを応援してたもんね。『勝て、希墨ーーッ!!』って」

「真似しないでよ」

「ヨルヨルもあんな大きな声を出せるんだなって、あたしびっくりしたもん」

「あれは、わたしが迂闊だった」

そう言って、ヨルヨルは恥ずかしそうに俯く。

「いいじゃん。好きなら大胆になっても」

「……まぁ、あのどさくさで、はじめて希墨を下の名前で呼べたんだけどね」

「へぇ。あの時まではまだ下の名前で呼べてなかったんだ」

「だって、恋人感が出るから緊張するじゃない。付き合ってることも隠してたわけだし」

初々しいエピソードを聞きながら、あたしはニンマリとしてしまう。

ヨルヨルの声援のおかげでスミスミのシュートが決まって、二年A組が逆転勝利。

シュートを決めて倒れたスミスミを、てっきり勝利の余韻に浸っているのかとあたしは思った。

だけどみんながはしゃいでる中、ヨルヨルだけがスミスミの怪我に気づいて、コートに飛び出していった。

――同じ場所で同じものを見ていたはずなのに、有坂ヨルカの方がずっと真剣に彼だけを見つめていた。

あの瞬間、『あぁこの子は瀬名希墨が本気で好きなんだな』とあたしは納得できた。

春休みにスミスミに告白して断られて、整理がつかずどこか宙ぶらりんだったあたしの気持ちは、あの時から笑っちゃうくらい軽くなった。

別に失恋の痛みがいきなり癒えたわけではない。

それでも保健室に向かうスミスミとヨルヨルの後ろ姿を見ながら、お似合いだなと素直に思えるくらいにはなれたのだ。

「はじめては何事も緊張するし恥ずかしいものだよ」

「ひなかちゃん。わたしを誘導しようとしてる？」

さすが、ヨルヨル。鋭い。

「うん。メイメイとバンド組んでくれたら、あたしも嬉しい」

「わたしに関係なく、ひなかちゃんこそ参加すればいいのに」

「あたしはいいよ。見るだけで十分」

「だけど歌は誰が聞いても上手だし、軽音楽部によく遊びに行ってるんでしょう」

「あたしみたいなのがステージに出ても仕方ないし」

「そんなことない！　そんなことないよ！」

ヨルヨルは語気を強くして、あたしに向き直る。

「どした、ヨルヨル……？」

「自分でも驚いてるんだけど、正直叶さんとの演奏は面白かったんだよね」

「ご縁があったんじゃないの？」

「……他人に振り回されるのは嫌いなはずなのに、叶さんのギターに合わせていくのはすごく楽しかったの」

こんな風に内心を打ち明けてくれるなんて、友達として信頼されると感じられてあたしは嬉しくなる。

「自分の気持ちに正直になればいいのに。案外ステージに立ったら、見られるのなんて気にならなくなるかもよ？　何事も経験だよ」

「だけど、この大きな体育館がぜんぶ人で埋まるんでしょう？」

「うん。去年は満員だったね」

あたし達は、当日の景色を想像してみる。

今はスミスミとななむーしかいないがらんとしたこの広い空間が、何百人もの人で床が見えないくらいになる。

ステージで演奏するということは、その何百もの視線を浴びるということだ。

「あたしなら緊張して、声が出なくなっちゃうよ」

「それがひなかちゃんのやりたくない理由？」

「うん。あたしってチビだから、なにかと舐められるからさ。ちょっと失敗するだけで、すぐにからかわれたんだ。たとえ後で謝られたところで、心の傷まで消えるわけじゃないもの。そういうのに対抗する意味でも、こういう派手な格好をはじめたわけだし」

派手な見た目にすることで、あたしは心に武装している。

そうやって弱い自分を守ってきた。

「あたしは歌うのが好きだよ。大好き。だから、その大好きなことで誰かに笑われたりするのは嫌なんだ」

「ひなかちゃん……」

「だから、ごめんね。あたしは一緒(いっしょ)に歌えない」

第五話　恋愛は先着順じゃない

人気のない体育館では自分のドリブルの音がよく響(ひび)く。

ヨルカとみやちーはステージの上でおしゃべり、俺は気の向くままにドリブルやシュートをして遊んでいる。

七村(ななむら)はボールの詰(つ)まった籠(かご)を横に置いて、黙々(もくもく)とスリーポイントシュートの練習をしていた。

アウトサイドからのシュートが苦手だった七村(ななむら)。

百発百中とはいかないが、以前よりもスリーポイントシュートの成功率が格段に上がっているようだ。

「スリーポイント、上手(うま)くなったな。こんなに入るなら球技大会でも打てばよかったのに」

「これくらい入るようになったのは最近だ。春先はまだ怪(あや)しかったし、球技大会は瀬名(せな)に花をもたせてやったんだよ。おかげで活躍(かつやく)できただろ」

「よく言うよ。けど、苦手だったのに大したもんだ」

「辞(や)めた誰(だれ)かさんに託(たく)されたからな。そいつの分も活躍(かつやく)しないといけない以上、スリーポイントシュートくらい打てるようにならんと」

シュートすると同時に、誰よりも自信家な男がえらくクサイことを言う。

案の定ボールはリングに当たり、盛大に弾かれた。

「……パス出しくらい付き合うよ」

「おう、そうしろ」

ボールの籠を俺は引き寄せ、離れた位置から七村にパスを出す。

パスを受け、素早く構えてシュート。

七村でさえこの地味な反復練習をひたすら続けて、ようやくスリーポイントシュートを上達させたのである。

「ところで軽音楽部にお呼ばれとは、今年もミメイに泣きつかれたか？」

自主練を終え、タオルで首筋の汗を拭きながら、七村がふと思いついたように訊ねる。

「さすが、元カレ。よくわかってんじゃん」

「あれはノーカウントだ」

俺が茶化すと、七村は苦虫を噛み潰したような顔をした。

「わたしも叶さんが七村くんの元カノだって聞いてびっくりしたわよ。あんないい子に酷いことしたのなら、七村くんのこと軽蔑するわ」

ステージからヨルカも会話に加わる。

どうも普段の行いから、別れた原因が七村にあると思っているようだ。

「有坂ちゃん、すげえ誤解してる。そりゃ俺がいいと思って告白して、付き合ったのは事実さ。だけど、恋人らしいことはマジでなにもなかったんだよ」

「なにもなかった？」

遊び人を自認する七村の弁明をヨルカはいまいち信用していない様子だ。

「ミメイはかわいいけど、恋愛偏差値が低すぎなんだよ。優先順位の一位がとにかく音楽で、それ以外はどうでもいいって思ってる感が半端ないんだ。遊びに誘っても予定が合わない。軽音楽部に顔を出せば周りの野郎が鬱陶しくジロジロ見てくるし。まぁ俺もバスケ部でゴタゴタしてた時だったから、ほぼ自然消滅だな。後腐れないように直接会って別れるって言ったのに『わかった～』の一言であっさりおしまいだぜ！　なんでOKしたのかいまだに謎……」

「へぇ～七村くんでもそういうことあるのね」

ヨルカは勉強になったと感心する。

「いや有坂ちゃん、普段の俺ならありえないからね。基本入れ食いだから、忙しくて身体ひとつじゃ足りない毎日だから――」

「あー大丈夫。わたしは希墨以外、興味ないから」

ヨルカはあっさり聞き流す。

「おい、瀬名！　おまえの彼女、他人に塩対応しながら惚気てるぞッ！」

「いやぁ、相思相愛って素晴らしいな」

俺は七村にドヤ顔を向けてやる。

「クソ、夏だからって浮かれやがって」

「バカ言うなよ。夏なんて関係ないよ。俺はいつだってヨルカにのぼせ上がってるぞ」

「希墨……」とヨルカは嬉しそうににっこりと笑う。

「ビックリするほどバカップルだね」

みやちーもからかうように笑う。

「あーはいはい。永遠の愛でも誓って、一生そうしててくれ」

七村は降参とばかりに両手を上げた。


「永遠の愛なんて美しいじゃないか。僕は応援するよ」


その時、体育館に現れたのは生徒会長・花菱清虎だった。

「あれ、花菱。まだ学校に残ってたんだな」

「聞いたよ、瀬名ちゃん。僕のためにもう軽音楽部に出向いてくれたんだってね。さすが仕事のできる男は行動も早いね」

軽音楽部のことを一体どこで聞きつけたのだろう。花菱の情報収集能力に俺は舌を巻いた。

さすがは生徒会長と言うべきか。

「いや別に花菱のためじゃな……待て、花菱。おまえ、叶のバンドが解散したことを知ってたな。だから俺を今年もステージ担当にしたんだろ」

俺は今さらながらに花菱の思惑を悟った。

「ミメイとは同じクラスだからね。僕なりの援護射撃ってやつさ。ミメイのバンドには集客力がある。文化祭実行委員会としては必ずメインステージに立ってもらわなくてはならないんだ」

「ほんと、そういうところは抜け目ないよな」

「僕は生徒会長としてみんなが喜ぶ采配をしているだけさ」

「俺は喜んでないぞ」

「誤魔化さなくていいよ。僕と瀬名ちゃんはご同類じゃないか」

ミスター・スタンダードな俺と、学年三位のイケメン生徒会長のどこが同類なのか。

いつも飄々としていて、話を聞いているのか聞いていないのかわからない花菱は、それでいて煙に巻くような含みのある発言を好む。言葉の輪郭を曖昧にすることで、受け手側に解釈を委ねているのだろう。

「それより聞いてくれよ、瀬名ちゃん。朝姫をランチに誘ったのに途中で帰られてしまってね」

「帰った？　朝姫さんに急用でも入ったのか？」

「告白したら怒ってしまったんだ」

なぜだろう、というような不思議そうな顔で、花菱は聞き捨てならないことを言った。

「「「告白ッ⁉」」」

花菱があまりにもさらりと言うものだから、俺達四人は叫んでしまう。

「けんもほろろというやつだね。体調でも悪かったのかな」

「さすが、プリンス清虎。素で大胆だね」とみやちー。

「わたしは応援するわ！」とヨルカ。

「ぎゃはは、花菱、残念だったな。支倉ちゃんから嫌がられてやんの！」

七村は鬼の首をとったとばかりに大笑いする。

「騒がしいよ、七村。これだから雑な男は」

「片想い、ご苦労さん。少しは現実を知れ」

ワイルド系アスリート男子と王子様系美少年は視線を交わすも、すぐに顔を背け合う。

普段は穏やかな花菱も、七村にだけは敵意むき出しである。

「ねぇ希墨。七村くんとあの会長って仲悪いの？」

ヨルカがこっそり訊いてくる。

「ふたりともモテるから、お互いにライバル視しているんだよ。付き合ってみたらどっちかの元カノだったとかよくあるらしくて」

七村竜と花菱清虎。

竜虎相討つとばかりに、顔を合わせればいつもいがみ合っている。

永聖のモテ王はいまだに決まっていないらしい。

「どちらかと言えば、その節操ない女子達の方が気になるんだけど。あのふたり、全然タイプ違うし」

「自慢できる彼氏なら誰でもいーんじゃない」

怪訝そうなヨルカに、みやちーが投げやりに述べる。

忌憚のないそんなガールズトークを横で聞きつつ、七村と花菱の口論はますますヒートアップしていく。

「ていうか、支倉ちゃん、瀬名に告ってるぞ」

と、いきなり飛び火してきたッ⁉

「おいおい、七村。嘘をつくなら、もう少しマシなのを考えろよ。なぁ瀬名ちゃん」

花菱がこちらを見てくる。

俺はなんとなく気まずくなって思わず目を逸らしてしまった。

「えっ、ほんとうに？　朝姫は瀬名ちゃんがタイプなの？　嘘だと言ってよ、瀬名ちゃん！」

花菱は信じられないと手で顔を覆う。

どうやら花菱は朝姫さんを本気で好きらしい。

「ぼ、僕もさすがにショックだよ。親友がライバルになる悲劇、しかも相手が瀬名ちゃんだなんて。せめて七村なら容赦なく叩き潰せたのに」

「叩き潰されるのはテメーだよ」

七村がすかさず言い返す。

「花菱、落ち着け。俺にはヨルカという恋人がいるんだぞ」

「いや、いいんだ。瀬名ちゃんなら、あの朝姫が惚れるのも無理はない」

「まるで俺がすごいやつみたいに聞こえるな」

「いつもながら謙虚だね。僕は瀬名ちゃんのこと認めてるのよ。ほんと、今からでも生徒会に入ってほしいくらいなんだからさ」

「その話は前にも断っただろ。何度誘われても答えはノーだ」

一学期の間、実は花菱と顔を合わせるたびに生徒会を手伝わないかと誘われていた。

ヨルカと一緒にいる時間が削られるので、俺はもちろん断った。

「朝姫が僕の誘いを断る理由がようやくわかったよ。彼女は、瀬名ちゃんに恋をしてるんだね」

「おい、花菱。あんまり穿った見方をするなって」

横でヨルカが刺々しい空気を発してるんですけど。

「心配しないでくれ。理由がはっきりしたおかげで、僕はいっそ清々してるくらいなんだ」

言葉通り、花菱の顔は晴れ晴れとしていた。

「ねぇ、花菱くんって朝姫ちゃんが本命なの？」

　みやちーが興味を示す。

「僕が朝姫を好きなのは意外かい？」

「だって、花菱くんなら女の子に困ってないじゃない」

「もちろん、僕は女の子が好きだよ。見ていて楽しいし、話していると気分が高揚する特別な存在だ。だからやさしくする。そして、こんな僕に好意をもって告白してくれたら当然断れないよ。でも、それとは別に僕だって恋をする。そして、本気で恋をした相手には想いを伝えられないものさ。まったく我ながら不器用だね」

「うわぁ最低。ものすごく美形なゲスだ」

　みやちーは笑顔だけど、目は笑っていない。

「花菱が不器用って、一体どこが……？」

　俺は首を傾げてしまう。

「コイツ、自分からは一切行かないタイプなんだよ。女子からの告白オンリー。だから自分からのアプローチが超下手なんだよ」

　七村はどこか冷ややかに説明する。

　同じモテ男でも、自分からガンガン行く七村とはスタンスが真逆。

　花菱は待ち一辺倒での入れ食いで、自分自身で口説くことは少ないらしい。

その七村の解説を受けて、俺は腑に落ちた。

今朝の朝姫さんへの花菱の振る舞いを見れば、確かにその通りだった。

花菱の気持ちは朝姫さんには一切伝わっていない。

「恋愛は先着順じゃない。相手を想うこと、そしてその気持ちを相手に受け入れてもらえるかどうか。愛に勝ち負けはないんだから」

花菱は自らの恋愛観をさらりと語る。

この余裕に満ちた態度こそ、モテ男だけが持ちえる特権なのか。

「プレイボーイの純愛、めんどくさー」

みやちーはもう聞く気もないようで、ケラケラと笑ってスルー宣言をした。

「わたしは応援する！　むしろさっさと支倉朝姫と付き合って！」

ヨルカの目は本気だった。

「ありがとう。有坂さんのように本命のハートを射止めた人の応援はすごく心強いよ」

花菱はヨルカの自尊心をくすぐるような台詞をさらりと返す。このあたりの会話術はいつ聞いても見事だ。

こんな風に気持ちのいい受け答えをされては、女子が惹かれてしまうのも頷ける。

「言ったわね。失敗したら生徒会長を辞任する覚悟でよろしく！」

ヨルカはしっかりと念を押す。

「ははは、瀬名ちゃん。有坂さんって、話してみるとずいぶんと面白い子なんだね」

「ああ、自慢の恋人だ」

俺は胸を張って笑う。

「そうだ、花菱。ついでに相談なんだけど、文化祭でドラムを叩く気はないか？」

「僕が？」

「叶が新しいバンドメンバーを探してて、ドラムの候補におまえを推薦しておいた」

「瀬名ちゃんの頼みなら引き受けたいのは山々だけど、事前の練習を含めてスケジュールを確保するのはかなり難しいんじゃないかな」

多忙を極める生徒会長の返答は限りなくＮＯに近い。

「ステージでカッコイイところを見せれば、支倉さんも気が変わるかもよ」

「メイメイにバンドとして文化祭で演奏させてあげて！」

自分達のことは棚に上げて、ヨルカとみやちーは叶のために勧誘する。

「やめとけやめとけ。本気じゃないなら恥をかくだけだ。ミメイに中途半端に期待させて、失望させるな」

七村は否定的な意見で俺達の説得に水を差す。

だが、叶ミメイの音楽に対する本気度と、ヨルカ達とのバンド案が出た時の嬉しそうな顔を思えば、七村の言葉はむしろ気遣いにも聞こえた。

「まだ夏休みははじまったばかりだ。少し考えさせてくれ」

返事を保留した花菱の目は、七村を睨んでいた。

学校を出た朝姫は、同じ瀬名会の一員である後輩の幸波紗夕と会っていた。

カフェでふたり、ランチを食べるところだ。

「来てくれてありがとう、紗夕ちゃん。急に呼び出してごめんね」

「家でヒマしてたのでお気になさらず」

「夏休みなのに出かけたりしないんだ？」

「友達と遊んだりはしてますよ。でも部活やバイトをしてないと、のんびりしちゃいますよね」

「今からでも茶道部に入りなよ。実は神崎先生に掛け合ったんだけど、あっさり認めてくれたし。今年は一年生の入部少ないんだよねぇ」

朝姫は冗談めかしているが、気持ちとしては本気だ。

「次期部長としては心配ですか？」

「それもあるけど、紗夕ちゃんが茶道部にいてくれると私も楽しいから」

「……正直気まずいし、今さらって感じもあるので」

「その割には退屈そうに見えるけど？」

「楽しんでますよ。好きなドラマ見て、音楽聞いて。まぁそんな感じです」

そうは言うものの、紗夕の顔はやはり退屈そうだった。

「恋人でもつくったら？」

「長い片想いがようやく終わったんですよ。恋愛はしばらくいいですってば」

「――紗夕ちゃん、落ち着いたね」

朝姫は後輩の顔をまじまじと見た。顔つきがずいぶん大人っぽくなった気がする。

「それに急に恋人できたら、きー先輩が悲しむでしょう」

「言うようになったねぇ」

朝姫は破顔する。

幸波紗夕は順調に失恋の痛手から回復しつつあるようだ。

「アサ先輩こそ今日はご機嫌ななめですよね。どうぞ、愚痴なら聞きますよ」

紗夕のこういう察しのいいところが朝姫は気に入っている。

「夏の暑さが苦手なの。すぐ立ちくらみとか気持ち悪くなったりして」

「それは大変ですね。けど、今は涼しい室内ですけど？」

「さっきも学校で苦手な男子にしつこく声をかけられてたの」

「へぇーアサ先輩にも苦手な相手がいるんですね。なんか敵とも仲良くして、したたかに自分の駒として操るイメージでした」

どんだけ腹黒なイメージよ、と朝姫は渋い顔になる。

「で、その苦手な男子って誰なんですか？」

「生徒会長の花菱」

「さっすが、アサ先輩。超優良物件からロックオンされてるなんてすっごーい」

目をキラキラさせて前のめりになる紗夕。朝姫は観念してぶちまけることにした。

「ていうか、告白された」

「えぇーーほんとうですか⁉」

紗夕の大声に、店内の視線が一斉に集まる。

「興奮しすぎ」

「だってまさかの急展開じゃないですか。プリンス清虎ってアサ先輩のこと好きなんだ」

「この不機嫌な顔を見れば結果はわかるでしょう」

「勿体ない。あのイケメン生徒会長ってお家がお医者さんで、すごいお金持ちって話じゃないですか。頭もいいし、次男だし、将来有望そうじゃないですか」

「紗夕ちゃん、詳しいわね。意外とミーハー？」

「クラスの友達が言ってるんですよ。ちなみにその子達はみんな顔で投票してました」

「じゃあ紗夕ちゃんならあいつと付き合う？」

「恋人はアクセサリーじゃないので。それに私、王子様系はタイプじゃありません」

紗夕はきっぱりと答える。

「こだわりが強いのね」

「むしろアサ先輩がきー先輩に再挑戦する方がビックリです。もっとスマートに恋愛するタイプかと思ってました。で、プリンス清虎からの告白にはどう答えたんですか？」

「もちろん断ったわよ。まぁ向こうはいくらでも待つよなんて言って、勝手に長期戦の構えしてたけど」

「モテる男子から一途に想われるなんて少女漫画な展開ですね」

恋バナならいくらでも盛り上がれる年頃である。

「少女漫画はフィクションだから成立するのよ」

「なんでプリンス清虎はNGなんですか？」

「自分が愛されるのが当たり前と思ってるところが鼻につくから」

「手厳しいなぁ。でも、ちょっとわかります」

「でしょう」

朝姫はアイスティーで喉を潤してから、ぽつりと呟く。

「どうしたら好きな人から好かれるんだろうね」

女子高生ふたりは同時にため息をつく。

「けど、私とアサ先輩では状況が違いすぎますよ。私は好きな人に会えない上に片想いでしたけど――」

「ご近所なのに会いに行く勇気がなかったじゃなくて？」

「いじめるなら帰りますよ」

「怒らないでよ」

「……今のアサ先輩の状況は、好きな人が他の女とイチャイチャするのをずっと見せつけられてるってことですよね。それってかなりキツイと思いますけど」

すぐそばに好きな人がいるのに、自分の気持ちが相手に受け取ってもらえない苦しさはよくわかる。

「そんなこと、日本中の学校で四六時中起こっていることよ。私だけ大変なわけじゃないし。いわば典型的な日本の女子高生よ」

「それはそうかもですけど」

中高生の現実的な恋愛対象となるのは同じ生活圏にいる相手がほとんどだ。一緒に長い時間をすごす同じ学校の生徒が最も対象になりやすい。

だからこそ好きな相手が自分以外の異性と仲良くしている姿を見て、苦しい思いをしている中高生は多いはずだ。

そんな経験は誰にでもあることだろう。

そんな苦痛を味わいたくないなら、同じコミュニティで恋愛をしないのが一番。

とはいえ、恋する相手を選べたら苦労はしない。

心は勝手に魅かれてしまう。

「強いですよね、アサ先輩は」

「幸い希墨くんに遠ざけられてないから。まぁ無理せずいくわよ」

「のんびりですね。この夏できー先輩とヨル先輩はますます親密になっちゃいますよ」

「んー、そういう意味ならここ最近の希墨くん、なんか余裕もでてきちゃったからさ。きっと有坂さんとキスくらいしてるっぽいし」

「え、そうなんですか⁉」

「私の勘だけど。男の子ってそういうのわかりやすいよね」

「アサ先輩の女の嗅覚の方が半端ないです。恋愛偏差値高すぎ。相手がヨル先輩じゃなければ楽勝で奪えますよ」

紗夕は対面に座るひとつ年上の先輩を、こうして事あるごとに尊敬し直す。

「え、なんか誤解してない？　私、略奪愛なんてするつもりないけど」

「え、けど……きー先輩のこと好きなんですよね」

朝姫の意図するところがわからず、紗夕は困惑する。

「運命の恋とか永遠の愛なんて乙女チックなこと、私は信じていないもの。だって、私達はまだ高校生よ」

「その自信はどこから来るんですか？」

「自信なんてないよ。実際、私は一度身を引いちゃってるし」

春に教室で瀬名希墨に告白して、その場に現れた有坂ヨルカの本気に気圧されて朝姫は引き下がった。

いくら粘ったところで、あの有坂ヨルカ相手では自分が敵役にされてしまう。

それはヨルカが現れた瞬間に見せた希墨の表情が明白に物語っていた。

そうであれば現状の良好な友人関係を保ちつつ、次のタイミングを待つのがベターだ。

朝姫は自分なりの経験と直感からそう判断した。

去り際、理解あるフリをしたのはせめてもの意地だ。

「なのに、諦めないんですか？」

「好きな人に恋人ができたからって、自分の恋心が消えるわけでもないでしょ」

自分の選択に間違いはなかった。

そう理屈では割り切ったつもりでも、朝姫はやっぱり悔しかった。

希墨に恋人がいたという事実に打ちのめされた。ヨルカに圧倒された自分の弱さに腹を立てたりもした。あの日は母親が心配して様子を見に来るくらい自室で暴れた。

翌日の恋人宣言には、内心ほんとうに頭にきた。

「はい」と紗夕は実感をもって肯定する。

「そういうことよ。簡単に諦められない程度には本気なの」

だけど泣いたくらいで彼への好意が冷めることはなかった。

「具体的にこれからどうするんですか？」

「どうしよっか？　紗夕ちゃん、なにかいいアイディアない？」

朝姫はお手上げとばかりに背もたれに身体を預ける。

「そんな秘策があったら自分で実践してますって」

「だよねー」

思いの外あっけらかんとしている朝姫につられて、紗夕はつい口を滑らせてしまう。

「まさか色仕掛けで強引に振り向かせるとか考えてませんよね？」

「それって成功しても単に希墨くんが下心に流されただけじゃない」

論外と朝姫はあっさり却下する。

「ですよねぇ。ちょっと安心した」

「……なんで紗夕ちゃんがそんなにホッとするの？　もしかして自分で試したとか？」

「そんなわけないですよッ！」

紗夕は食い気味に否定するが、図星だった。

幸波紗夕は瀬名希墨の気持ちを自分に向けさせるために、既成事実を作るべくキスを迫ったことがあった。

「とりあえず、アサ先輩はきー先輩がまだ好き。だけど具体的な攻略法はノープランだと」

紗夕は話の流れを戻すために、状況を整理した。

「まぁ、今さら焦ってもね」

「呑気ですね。夏休みって長いようで案外あっという間に終わりますよ？　私とランチするより、きー先輩にデートでも申しこんだ方がいいんじゃないですか？」

「文化祭実行委員会の仕事とか瀬名会で、結構会えるし」

「したたかですねぇ。その待ちの姿勢も駆け引きなんですか？」

「どうだろう。ただの時間稼ぎ？」

「質問に質問で返さないでくださいよ」

「ごめんごめん。まぁ、片想いの先の見えない恋だからつらいこともたくさんあるよ。だけどね――」

朝姫は今の気持ちをはっきりと言葉にした。

「好きな人がいるって、それだけで楽しいじゃない」

失恋の痛みや片想いの苦しさはまだ抱えている。

それでも好きな人の顔を見れば嬉しいし、話せば楽しい。

そんな恋をするということそのものを満喫している。

だから朝姫は、気持ちだけは不思議と前向きだった。

「やっぱり、アサ先輩は強いですよ」

第六話　ふたりだけの世界の外へ

「ねぇ希墨はどっちの水着がいいと思う？」

そんな質問を大好きな恋人から笑顔で投げかけられる。

この時の俺は、自分の独占欲をはっきりと自覚するのであった。

今日は八月の第一週、ここは商業施設の水着売り場。

瀬名会のみんなで行く旅行に向けて、今日はヨルカと水着を買いに来ていた。

ここ女性用水着売り場は男性用のコーナーの数倍の面積が取られており、品揃えも半端ではない。様々なデザインの色とりどりの水着が目に眩しい。

ヨルカはかれこれ四十分近くも品定めをした末に、両手に一着ずつ水着を掲げて、俺に意見を求めてきた。

ビキニタイプとワンピースタイプ——どちらも素晴らしいデザインだ。

甲乙つけがたい二択を前にして、俺は激しい葛藤に襲われた。

だってあのヨルカが着る水着なのだ。

問答無用でドキドキするのが男心というものだろう。

正直もうちょっとセクシーなものも見てみたい。

が、同時にヨルカの水着姿が衆人の目に晒されるのは嫌だ、という思いもよぎった。

美しい存在は人目を惹くのが世の常である。

仕方ないことだと頭では理解しつつも、そう簡単には割り切れない。

それでも「もっと露出の少ない水着の方がいいんじゃない」という言葉はぐっと呑みこんだ。

どの道、美人でスタイルのいいヨルカはどんな水着を着ても目立ってしまう。

この広い売り場の中からヨルカが気に入って選んだものなのだ。

俺の独占欲で安易に否定するべきではない。

そもそも女性用水着売り場という暗黙の男子禁足地にいること自体落ち着かないのに、ヨルカに意見を求められた今は緊張どころの騒ぎではない。

ヨルカは色白だから日焼けしたら肌のお手入れも大変なんじゃないだろうか。なら、ビキニよりは露出の少ないワンピースの方がいいのか？

あーダメだ。一度気になり出すと、細かいことまで心配になってしまう。

俺は売り場の真ん中で、どちらの水着がベストなのかじっと考えこんでしまう。

「希墨、そんなに難しい質問した？」

ヨルカはあまりにも俺が大真面目に悩んでいるのが可笑しかったらしい。

「超難問すぎる……」

「たかだか水着選びに深刻すぎるから」

「なぁ、ヨルカ。正直なことを言っていい？」

俺はついに白旗をあげる。

「どうぞ」

「ヨルカならどんな水着でも似合うのはわかりきってる」

俺は揺るぎなき前提をまず述べる。

「ありがとう」

「だからこそ即決できないッ」

「そんなに悩むこと？　わ、わたしの水着姿なら写真で見たでしょ……？」

ゴールデンウィークに有坂家が海外に家族旅行へ行った際、姉であるアリアさんがこっそり俺に写真を送ってきてくれた。ヨルカの素晴らしいプロポーションを絶妙なアングルから捉えたその写真は、俺にとって大切なお宝である。

「写真と実物はまったくの別物だよ！」

「そんな潔く答えなくても」

「ヨルカが着る水着だからこそ悩むんじゃないか。海で見られるのは一着だけなんだぞ。俺は正直どっちも見たい！」

それが俺の偽らざる本心だった。

「なにを真顔でバカなこと言ってるのよ」

ヨルカは呆れていた。

「だってさぁ～～」

「もうしょうがないなぁ。じゃあ、実際に着てるのを見て判断してもらおうかな」

「え？」

「ちょっと試着してくる。せっかくなら希墨が喜んでくれる方を買いたいし」

「――ヨルカ。試着室の前に男の俺が待機してるのはマズくない？　まさか一緒に入るわけにもいかないし」

さすがに狭い個室にふたりきり、裸で着替える彼女を前に、俺の自制心がもつかどうか。

「そんなことまで悩まなくていいからッ！　着替えたら写真送るから、そこで待ってなさい」

ヨルカはさっさと試着室に入っていく。

喜んでいくらでも待たせてもらおう。

俺はさながら忠犬ハチ公のごとく律儀に待機する。

まさかヨルカの口から、写真で見比べて選ぶという提案が出るとは思わなかった。

そもそもヨルカは写真を好まない。

俺がこっそり寝顔を撮ろうとした時も、気配を敏感に察知した。嫌がることを無理にさせるわけにもいかず、付き合いはじめてそこそこ経ってもヨルカの写真はとても少なかった。

それでも最近は、ヨルカも写真を少しずつ嫌がらなくなった。

デートの度に写真を撮り合い、互いに共有し合う。

そうして少しずつ増えていったスマホのアルバムを見返すのが俺の日課であり、幸せを感じるひとときとなっていた。

「……遅いな」

いつまで経ってもヨルカから写真が届かない。水着売り場に男ひとりで突っ立ってるのは、なんとも居心地が悪い。あとから入ってきたお姉さま方にこちらを見られる度に、別に後ろ暗いことはないのに気まずさを感じた。

さすがに時間がかかりすぎだと思い、俺はメッセージを送る。

希墨：ヨルカ、ずいぶん時間かかってるけど大丈夫か？
なんか問題発生？
ヨルカ：冷静になったら水着写真送るの、恥ずかしくなった。

「今さらッ⁉」

着替えるまではいけると思ってたんだろうなぁ。

いざ試着室の鏡の前でスマホを構えた瞬間、我に返ったに違いない。

「それだけ浮かれているってことかな」

ヨルカが旅行を楽しみにしてくれているのは、俺にとっても嬉しいことだ。

希墨：どうする、自分で決める？

ヨルカ：両方とも着た感じは問題なかった。
ふたつともデザインがいいから、すごく悩む。
やっぱり希墨が決めてくれない？

希墨：わかった。こっちに戻ってきて。

ふたつにひとつ、それぞれのメリット、デメリットを勘案して迅速に判断するのができる男というものだろう。あーでもヨルカは両方似合うだろうからすげえ困る。

散々悩んだ末にようやく買い物を終えた俺達は、その足で今日のデートのメインである水族館へ向かった。俺と手を繋ぎながらもヨルカは今にも駆け出しそうなほどのハイテンションだ。

「見て、希墨！　魚、魚がたくさんいるよ！　すごいね！　ほんとに海の中にいるみたい！」

「お、おう。水族館だからな」

まるで海の中を走るトンネルのように暗い通路の左右にはいくつもの水槽が並ぶ。小窓のようなサイズから壁一面に設えられた大きなものまで水槽の種類は様々。それらの中を泳ぐのはこれまた大小様々な種類の魚達である。

「……ちょっと。なんで微妙に引いてるのよ」

水槽の青い光に照らされたヨルカがジト目でこちらを睨んでくる。

「いや、まさか水族館でヨルカがこんなテンション上がるとは思ってなくて。ちょっとビックリ」

「いいでしょう。水族館に来たの、ほとんどはじめてなんだから」

「え、そうなの？」

「うちって両親が海外を飛び回ってるでしょ。だから案外こういう定番の場所に連れてってもらったことなくて。やっぱり高校生にもなってはしゃぐのって変かな？」

なるほど。有坂家ならではの事情があるわけだ。

「好きなだけ満喫してくれ。恋人が喜んでくれるのが一番嬉しいよ。それこそデートの甲斐があるってものさ」

「なんか、わたしだけ楽しんでるみたいで申し訳ないような」

「気にするなって。俺はヨルカのはしゃいでる顔見るのが好きだから」

女性の特に魅力的な表情は三つのHであるというのが俺の持論だ。

ひとつ、はしゃいでいる時！

ひとつ、恥ずかしがっている時！

ひとつ、Hな話をしている時！

だから、無邪気にはしゃぐヨルカの顔を眺めているだけで俺は幸福な気持ちになれる。

「そ、そう。ならいいんだけど」

「けど？」

「なんか自分の表情をいちいち覚えられてるのって、恥ずかしいわね」

照れ隠しをするように、ヨルカは小さな水槽に向き直った。

くそ、横の柱が邪魔でとなりに並べないッ。

「あ、この砂から顔を出してる細長い魚の名前、チンアナゴだって。面白いね」

ヨルカはチンアナゴを指差して、ケラケラと笑う。

「え、なんだって？」

「だからチンアナゴ」

「もう一回！」

「チン、アナゴ……なんかHな気配を感じるッ」

からかわれていると気づいたヨルカは俺の手を離して、早足で先に進んでしまう。

「悪かったよ。ちょっとした悪戯心だって」

「ここは美術準備室じゃないんだよ。他のお客さんだっているし」

「人がいなかったら、いいの？」

「そういうのは女の子にいちいち確認しないで」

「わかった。じゃあ、ここだって時には遠慮なくいくから」

「最近、とみに身の危険を感じるんだけど」

「まぁ夏のせいかな」

「希墨、浮かれすぎ！」

「そりゃはじめての恋人との夏休みだぜ。今浮かれなくて、いつ浮かれるんだよ」

「今だって魚見て喜んでいるの、わたしだけみたいだし」

「楽しみ方が少々違うだけだよ。ほら、あの大きなエビ食べたら美味しいのかな？」

「ここは、お寿司屋さんのいけすじゃないんだから」

「魚介類に対する立派な感想だって」

「まったく。よくそんなにポンポンと変な切り返しができるものね」

話が脱線しすぎてヨルカも半分笑っている。

「大切な恋人を喜ばせようといつも必死なもので」

「そんなにがんばってたら、いつか疲れちゃったりしない？」

ヨルカはふと立ち止まり、振り向いて俺の顔をじっと見つめた。

「……ほら、ヨルカはちゃんと待ってくれるだろ？」

「え？」

「男にとって大好きな人が自分から離れずにいてくれるのは、この上なくありがたいことなんだよ。ヨルカはそんな心配するな。俺は無理なんかしてないぞ」

俺も真剣に答え、そっとヨルカの手を握る。

今、俺とヨルカを繋いでいるのは、お互いの好きという気持ちだけなのだろう。

どれだけ愛を囁いても、俺達は高校生だ。お互いの気持ち以外の絆など持ちえようもない。

だが、心というものは些細なきっかけで変わってしまう。

今大好きだと言ってくれているヨルカの気持ちが明日突然冷めてしまうことだって、ありえないとは言い切れない。

今の俺達は疑いようもなく両想いのカップルだ。

それでもこの不安が完全に消えることはないのだ。

だから、折に触れて相手の気持ちを確認せずにはいられない。

「わたしを引っ張ってくれるのは、いつだって希墨だよ」

ヨルカは心細さを忘れようと、少しだけ手を握る力を強めた。

「そんなことないさ。むしろ、ヨルカは自分で前に進もうとしている」

俺はふと思い出してスマホを取り出す。

他のお客さんの邪魔にならないように、通路の端でミメイとセッションした時の動画をヨルカに見せた。

「え、いつの間に撮ってたの？」

案の定、ヨルカは気づいていなかった。

かつては寝顔を撮ろうとスマホを構えただけで目を覚ましていたのに。

気配に敏感なそんなヨルカが、あの時動画を撮られていたことに気づいていなかった事実。

「鍵盤を弾いている時のヨルカはすごい集中してるんだよ。この動画は視線嫌いのヨルカさんが近くにいた俺の視線を気にしていなかった証拠」

「急にセッションすることになって、頭が真っ白になってただけだから」

「その割には中々聞かせるセッションだったぞ。俺もみやちーも大絶賛だったし」

「…………」

「興味あるんだろ、バンド」

「ない、と言えば嘘になる。だけど無理」

「大勢に見られるのは緊張する？」

ヨルカは頷く。

俺は手近な水槽をコンコンと軽く叩く。

水の中を優雅に泳ぐ魚は、俺の行為に見向きもしない。

「この水槽の中にいる魚は毎日大勢の人間に見られているけど、きっとそんなの大して気にしてない。えら呼吸して、生きることしか興味ないし、それで十分なんだよ」

「わたしは、魚じゃないし」

「ヨルカは自分の演奏とバンドメンバーの音にだけ集中してればいいってことさ。ステージと客席の距離はこの水槽と俺の距離より全然離れている。大丈夫だよ。なんならステージ演出で照明を暗くするなりして、ヨルカが目立たないようにするから。そこは俺に任せろ」

「ステージ担当が職権乱用してる」

「演出の指示だよ。問題ない！」

「……そんなにわたしをステージに立たせたいの？」

この問いの俺の答えはハッキリしている。

「セッションしていた時のヨルカのあの楽しそうな顔を、もう一度見たいんだよ」

女性の特に魅力的な表情は３Ｈとしたが訂正だ。一番大事な表情を忘れていた。

ＨＡＰＰＹのＨを加えて、４Ｈとしよう。

◇◇◇

俺達は水族館を十二分に満喫した後、ＳＮＳでも話題になっているかき氷屋に来ていた。

目の前に運ばれてきた巨大なかき氷は、ヨルカの顔が隠れるくらいの高さがある。

ヨルカが選んだ果実蜜はイチゴ味。

氷の白とイチゴの赤の美しいコントラスト。

天然氷のかき氷の上に真っ赤なイチゴの蜜がたっぷりとかけられている。市販のシロップではなく自家製で、果肉がやわらかく煮こまれたジャムのような甘い蜜だ。

かき氷を前に、その巨大さと美しさに驚いているヨルカをひとまず俺は記念撮影する。

「わたしも撮ってあげる」

俺が注文したのは白と黄色が南国感満載なマンゴーの果実蜜。かき氷の巨大な山にかぶりつくポーズをとる俺を、ヨルカは笑いながら撮影した。

「ついでもツーショットも」

「早く食べないと解けちゃうよ」

「みんな撮影してるし」

店内を見渡せば、SNSに載せるべく何枚も撮影しているであろう客の姿がいくつもあった。

俺とヨルカは肩をくっつけて一緒に画面に収まる。はい、チーズ。

「よし、綺麗に撮れたな。さぁ食べよう」

「あとでわたしにも写真送ってね」

「了解」

また思い出の一枚が増えた。

「うん。冷たくて甘い」

一口目を食べたヨルカが満足そうな声を漏らす。

「どれどれ」と俺もスプーンでカラフルな雪山を掬い上げて口に運んだ。

評判通り、果実蜜の濃厚な甘みがすごく美味しい。

「とんでもないボリュームで度肝を抜かれたけど、案外完食できそうだな」

氷の冷たいくちどけと甘い蜜のハーモニーにスプーンは止まらない。

ふたりでお互いのかき氷を交換したりもしながら、気づけば半分以上を食べていた。

「なぁヨルカ。叶のバンドの件は、まだ悩んでる？」

俺が再びその話題を持ち出すと、ヨルカのスプーンをもつ手が止まる。

「……わたしだけじゃ決められないよ」

「あれこれ考えず、思い切って参加してみればいいじゃないか」

「気軽に言わないでよ。わたしのことは希墨が一番よくわかってるでしょ」

「わかってるから、やってみてほしいんだ」

「なんで？」

「ヨルカが乗り気だから」

「そう、なの？」

「好き嫌いがハッキリしてるヨルカが悩む時点で、興味はあるってこと。しかもステージ上で大勢の人に見られる苦手なことだってわかってるのに」

「けど、ひなかちゃんは参加しないって言ってるし、希墨もやりたくないでしょう」

「ヨルカのためなら俺もギターを真剣に練習するよ」

ヨルカが二の足を踏んでいるのは自分だけでは不安だからだろう。

やはり、みやちーが不参加なのが痛いな。初心者同然の俺が入ったところでヨルカの精神的な支えになれても、音楽的にはむしろ足を引っ張りかねない。

そういう意味でも、ボーカルとしてのみやちーの歌唱力はやはり魅力的だ。

「また安請け合いして。去年以上に忙しくなるんでしょう？　希墨が倒れちゃうから」

「愛の力は無敵だから」

ヨルカは俺の大仰な言葉に表情を緩ませる。

「わたしも、無敵になりたいな……」

「なれるよ。球技大会で俺の名前を呼んでくれた時のことを思い出せよ。あんなにデカい声を上げてみんなに見られたのに、ヨルカは逃げなかっただろ」

「それは希墨のプレイに夢中になってたから」

嬉しいことを言ってくれるな。ほんと、俺の美人な彼女はこういう素直でかわいいところがあるから愛おしくて仕方ない。

だから、俺もついがんばりたくなってしまう。

「同じだよ。応援に夢中になってたから、周りの視線なんて気にならなかったんだろ」

「そうかもしれないけど……」

「あの球技大会のバスケの試合みたいに、俺はヨルカの応援があれば、実力以上の力が発揮できるんだ。だから、俺の心配はしなくていい。自分の気持ちに正直になれ」

「希墨……」

「ステージにはひとりで立つわけじゃない。軽音楽部のカリスマが率いるバンドとしてステージに上がるんだ。みんな叶に目を奪われて、むしろヨルカは目立たない可能性の方が高いよ」

俺はあえて断言する。

「少しは一生懸命やってるのに目立てない人の気持ちを味わってみろ。いつもの俺みたいに」

俺はつまらない自虐ジョークを交えながら、恋人の背中を押す。

「すごい説得の仕方ね」

ヨルカは吹き出すように口元を押さえた。

「俺にしかできないだろ？」

「大好きな人の言葉じゃなかったら鳥肌ものだわ」

俺はドヤ顔でヨルカを見る。

「おっと、かき氷の食べすぎで身体が冷えたのかな？　それとも冷房の効きすぎか？　食べ切れないなら俺が手伝うけど」

「嫌よ。わたしがぜんぶ食べるから」

「早くしないと解けるぞ」

「ご心配なく」

ヨルカはそう言って再びスプーンでかき氷を口に運ぶ。

俺も残りをさらっていく。

「ねぇ、希墨。食べ終わったら喫茶店に行きましょう」

「いいね。夏場のホットコーヒーもそれはそれで乙なものだ」

温かいものを飲んで、かき氷で冷えた身体を温めるとしよう。

「……希墨って察しがいいよね」

「だから惚れてくれたんじゃないの？」

「希墨を好きになった理由を挙げだしたら、一晩中かかるから」

「一晩でも二晩でも付き合うぞ。今は夏休みなんだし」

「そっちは要検討ね。バンドの方は、その……」

「踏ん切りがつかない？」

「ひなかちゃんに、もう一度相談してみる。それで決める」

「わかった」

ヨルカは恐がりながらも、少しずつ自分の世界を広げようとしていた。

第七話　祭りの夜はご用心

永聖高等学校からほど近いところにある神社では毎年夏祭りが催される。

たくさんの屋台が神社の敷地内に立ち並び、美味そうな匂いをそこら中に漂わせている。

日暮れ時、祭囃子に誘われるように人々が集まりはじめ、今や大変な混雑となっていた。

俺達瀬名会も神社の鳥居の前に集合していた。

「これぞ日本の伝統美だな」

「みんな綺麗だ。よく似合ってるよ」

七村と俺は、浴衣姿の女性陣に見惚れていた。

落ち着かないのは蒸し暑さのせいだけではない。夏祭りの風景が醸し出す非日常感ゆえだろう。普段とは異なるクラスメイトの装いになんだか妙に緊張してしまう。

「ねぇねぇ、きすみくん！　これ、紗夕ちゃんのママに着せてもらったの！」

「浴衣で飛び跳ねるな、あとお兄ちゃんと呼べ。大人っぽく着せてもらったな」

「紗夕ちゃんのママが、映ちゃんは背が大きいから大人と同じようにしようねって、帯とか色々貸してくれた」

「じゃあ映も大人らしく落ち着こうな」

着慣れぬ浴衣に興奮気味の映。

我が妹のリクエストもあり、今日は女子は浴衣を着てくることになっていた。

「紗夕、映の世話ありがとうな。おばさんにもお礼を言っておいてくれ」

「いいえ。ママも大歓迎で喜んでましたよ。かなり気合い入りまくりです！」

着付けのできる紗夕のお母さんのご協力を得て、女子は幸波家に集まり浴衣に着替えてきた。

『浴衣姿は現地でのお楽しみ。男子は禁制です！』

ということで、昼すぎに映を幸波家に送り届けた俺は、一足先に七村と神社に来ていた。

高校から近いこともあり、知った顔を結構見かけたり、意外な男女がペアで来ていてびっくりしたりと、女子達を待っている間も七村とふたり退屈せずに済んだ。

そして現れたのは、浴衣を着たヨルカ達であった。

ヨルカはいつも下ろしている髪を上げて、うなじを見せるように結い上げているので清楚な印象がより強くなっている。浴衣は華やかながら凝った模様の入ったもので、全体的にしっとりした大人の色気を帯びていた。その優美な立ち姿に俺は思わず背筋が伸びてしまう。

朝姫さんも髪をアップにしており、浴衣は落ち着いた雰囲気のものを選んでいた。それに合わせてメイクも普段のさりげないナチュラルなものではなく、あえて目鼻立ちをはっきりさせる濃いめのメイクに変えていた。おかげで朝姫さんの持ち前の美しさが強調されている。

みやちーは色みの濃い浴衣をチョイスしていた。とても個性的な柄で、しっかりと自己主張を忘れない。彼女のセンスが光る小物が合わさりオシャレだ。

紗夕はその性格通りの明るい色合いの浴衣に、大きな髪飾りを添えていた。慣れない浴衣に窮屈そうにしながらも、それが逆に新鮮な魅力を放つ。

みんなの素敵な浴衣姿を見れただけで今日来た甲斐があるというものだ。

というか俺は代理彼氏の時に見た神崎先生の和服姿といい、案外クラシカルな装いが好きなのかもしれない。

「ほんと、このグループは綺麗どころが揃っててていいよな。今から瀬名会はやめにして、俺のハーレムにならない？」

七村は感嘆したように唸る。

「七村先輩。パワハラ&セクハラで訴えますすよ。そうなったら、即解散です」

紗夕は死んだ魚のような目で七村をあしらう。

「幸波ちゃん厳しくない？」

「七村先輩がデリカシーなさすぎなんですよ」

七村相手にも物怖じしない後輩女子は紗夕くらいだろう。

紗夕と七村が丁々発止のやりとりをしている横では、ヨルカとみやちーが映と楽しそうにお喋りをしている。

「私、妹さんから敬遠されてるのかな？」

そう俺に話しかけてきたのは朝姫さんだった。

「まさか。映はアリアさんや神崎先生にも人見知りしないんだぜ。心配ないよ」

「だといいな」

「紗夕のことは昔から知ってるし、みやちーとは去年からメッセージでやりとりしている仲、ヨルカとはまぁ、うちで顔を合わせてるし」

「それでさ、希墨くん。ねぇ、どうかな？」

朝姫さんが求めているのはもちろん浴衣の感想だ。

「すごく大人っぽくて素敵だよ。ネイルもいつもと変えてるね」

「──、気づいてくれてたんだ」

比較的校則の緩い永聖ではあるが、クラス委員である朝姫さんは決して派手にはせず、わかる子にはわかるさりげないオシャレをしている。マニキュアも普段はナチュラルなツヤと透明感のあるクリアネイルや淡いピンク系だが、今日は浴衣の色に合わせた色合いのものを塗っていた。

「希墨くんってそういう細かいところをきちんと拾うから抜け目ないよね」

「？　似合ってるから褒めただけだけど。おかしかった？」

変なことでも言ってしまったのだろうかと、俺は自らの発言を反芻する。

「感心してるだけ。褒めてくれてありがと！」

朝姫さんはニカリと白い歯を見せて笑う。

「それにしてもまだ暑いね。日が沈んだのに嫌になっちゃう」

「昼間もだいぶ蒸したし、この人出だからね」

狭い参道は行き交う人波が途切れず、俺達がいる鳥居付近も待ち合わせをしている人々でかなり混雑していた。

「ねぇねぇ、きすみくん！　はやく行こう！」

「だから落ち着けって」

映は例によって自分のペースではしゃいで、こっちを急かしてくる。

「よーし、じゃあ縁日を練り歩こうか！　買いたいものを買って、遊びたいものを遊ぼう！」

俺のかけ声で、いざ境内へと進んでいく。

拝殿へと続く参道の左右には食べ物、玩具、動物や植物などの出店が並ぶ。あれもこれもと目移りしてしまうほどの賑わいだ。

誰かが店先で気になるものを見つけては立ち止まり、別の屋台でまた誰かが買い物をする。

どうしてお祭りの縁日で売っているものは美味しそうに見えるのだろう。

焼きそば、焼きとうもろこし、イカ焼き、綿あめ、りんご飴、ベビーカステラ、チョコバナナ、ラムネ――食べたいものは数え切れない。

そんな感じで各自思い思いに食べ歩きをしつつ、色んな遊戯に興じる。

輪投げをしてみればバスケ経験者である俺、七村、紗夕は手首の使い方が上手いせいか割と成功率が高い。

そして、俺が手に入れた景品のお菓子やおもちゃを当然のように自分のものにする映。みんなも映に景品をくれるから、映の戦利品は増える一方だ。その戦利品を持たされる俺の片手はすでに塞がっている。

「ありがとう！　映、嬉しい！」とホクホク顔で喜ぶマイシスター。

「みんな、映に甘すぎだから」

「シスコンの瀬名に言われてもな」

七村の一言に、みんなが大笑いする。

周りの邪魔にならないように合間でちょくちょくみんなの写真をスマホで撮影しながら、俺はヨルカの楽しそうな顔に安心した。

「ヨルカ、お祭りはどうだ？」

「この混みようにはビックリだけど新鮮。浴衣も、いつもと違う気分になれていいわね」

「浴衣、すごく似合ってる。惚れ直したぞ」

「着ているものが普段と違うってだけなのに。希墨ってもしかしてコスプレ好き？」

「男は視覚的な生き物だからな。好きな人の新しい一面が見れれば喜ぶに決まってるだろ」

「水着選ぶのにもあれだけ悩んでたもんね」

「あれは俺にとってこの夏における超重要な決断だった」

「その集中力と決断力を他のことでも発揮してくれればいいのに」

「するする。ヨルカのためなら、いくらでも」

「調子いいんだから」

ヨルカは俺の脇腹を突っつく。

「浴衣を着た恋人と夏祭りに来てるんだぜ。楽しいに決まってるじゃん」

「希墨、最近楽しいしか言ってないよ？」

「ちょっと他の感情を忘れてしまって」

「そうやってご機嫌なまま一生を送れたら最高ね」

「あれ、ヨルカはその気ないの？」

俺はヨルカの左手を取り、薬指を摘むように触れる。

「……、期待はしてる」

目を伏せながらもヨルカは首筋まで赤くして答える。

「ならよかった」

その返事が聞けただけで、俺は空も飛んでしまいそうな気分だった。

「希墨、射的があるよ。あれやってみたい」

「じゃあチャレンジしてみるか」

ヨルカは銃を手にすると抜群の集中力を発揮した。一発目こそ外したものの、その後は絶好調。コルクの弾を次々と景品に命中させ、棚から落としていった。

袖を引き上げ、銃を構えて、的を狙い澄ますヨルカの横顔は凛々しい。

俺がその美しきスナイパーな横顔を熱心に見つめていれば、

「希墨。視線がうるさい」

とこちらを見ないまま短く注意されてしまった。

相変わらず視線には敏感なヨルカさんである。

「ヨルヨル、射的すごい上手だね」

そう声をかけながらこちらに寄ってきたみやちーは、いつの間にか狐のお面を被っていた。

小顔のみやちーがお面を着けると、ほんとうに狐が浴衣を着ているような感じになる。

「お面って懐かしいな。俺も小さい頃は仮面ライダーのお面買ってもらってたよ」

「コン。なんとなく気分で買っちゃった」

狐の鳴き真似をしながら、みやちーはお面を額の上に上げた。

「みやちー、あのさ」

俺は文化祭での叶のバンドの件を切り出そうとした。

「ん。なに？」

「……いや、なんでもない」

「なに、水臭いよ。困りごとがあるなら言ってよ」

「じゃあ、もしヨルカからなにか相談があったら、力になってやってくれないか」

ヨルカが自分で相談すると言った以上、俺はそれを信じるだけだ。

「そりゃヨルヨルは友達だもの。いくらでも相談に乗るよ」

俺がほんとうはなにを言いたいか、みやちーは察しつつも、気づかないふりをしている風にも見えた。

ちょうど休憩スペースのテーブルが空いたので、俺達はそこに陣取って屋台で買った物を食べることにした。めいめい屋台に走り、買ってきた物をテーブルに広げていく。

「アサ先輩、汗すごいですよ。大丈夫ですか？」

「なんとかね」

紗夕が心配するように、朝姫さんはなんだか顔が赤い。

せっかく買ったたこ焼きにもほとんど手をつけず、無料で配っていたうちわをパタパタとあおいで、なんとか涼をとろうとしている。

休憩スペースは風通しが悪い。提灯や照明、昼間の猛暑で熱がこもっており、快適とはとても言い難い。

「大丈夫?」

焼きそばを平らげた映も、うちわを手にして朝姫さんに加勢する。

「あ、ありがと。映ちゃん」

「どういたしまして! 涼しくなるといいね」

うちの妹のフレンドリーな行動に、朝姫さんは驚きつつもこちらを見てきた。

「さすが希墨くんの妹ね。兄妹って感じ」

「朝姫さんをあおいだくらいで共通点なんか発見できるの?」

「こうやって困っている人にやさしいじゃない」

「自分が困らせている兄には冷たいけどな」

「希墨くんに甘えてるのよ。かわいいじゃない。私ひとりっ子だから、兄弟姉妹がいるってちょっと羨ましいな」

うちわを一生懸命にあおぎながら、映はキョロキョロと屋台の方を見渡しはじめた。お腹がいっぱいになったので、次の遊びに繰り出したくてウズウズしているのだろう。

「ねぇねぇ。映、次は金魚すくいしたい」

「自分でちゃんと世話するのかよ」

「やる！」

家には、昔俺が金魚を飼っていた時の水槽や空気ポンプがあるから、金魚を飼うのには支障はない。

「掬うコツは慌てずゆっくりな。ポイは破れやすいから焦るんじゃないぞ」

「わかった！　じゃあきすみくん、荷物お願い！」と巾着を手渡されてしまう。

「ヨルカちゃん、早く！　みんなも行こう！」

映は自分がリーダーとばかりにヨルカの手を引き、人ごみへと戻ろうとする。

それにみやちーと紗夕も続いた。

「あ、ごめんなさい。私はちょっと休んでいくね」

朝姫さんだけは立ち上がらない。やはり具合が悪いのを我慢していたようだ。

「じゃあ俺は宮内達のボディーガードをしてくるわ。瀬名は支倉ちゃんの介抱よろしくな！　境内の奥のベンチはここより涼しいからそっちに移るといいぞ」

七村は明らかに面白がった顔でそう言い置いて、さっさとヨルカ達を追いかけて行ってしまった。

いきなりふたりきりにされてしまう俺と朝姫さん。

「気を遣わせて、ごめんなさい」

申し訳なさそうに朝姫さんは顔を伏せてしまう。

「朝姫さん。とにかく涼しいところに移ろう。よかったら俺の腕を掴んで」

俺は朝姫さんに左腕を差し出す。

「えっと……いい、の？」

「今日は例外。体調悪い時になに言ってんの」

「じゃあ、うん」

朝姫さんはおずおずと俺の二の腕に手を伸ばしたかと思ったら、「えいっ」と手を握ってきた。

「え、朝姫さん」

「例外、なんでしょう？」

「……ゆっくり歩くけど、しんどかったら言って」

俺達は人ごみの中を歩き出す。

前後がつまっているから歩幅は自然と小さくなる。それでも体調が悪い上に浴衣を着ている朝姫さんはさらに歩みが遅い。

前方から歩いてくる男性の一団が会話に夢中で完全によそ見をしていた。すれ違う時にそのうちのひとりが朝姫さんにぶつかりそうになり、俺は咄嗟に肩を抱いて引き寄せる。

「ごめん」

熱っぽいのか、ぼんやりとしている朝姫さんは小さく反応するだけだ。

なんとか無事に拝殿まで着くと、このあたりには樹木が多く植えられていて、気持ちのいい風が吹き渡っていた。

空いていたベンチに朝姫さんを座らせる。

「ちょっと待ってて」

俺はすぐ近くの屋台までスポーツドリンクを買いに走る。

「朝姫さん、よかったらこれ飲んで」とペットボトルのフタを軽く開けてから手渡す。

「……私に、買ってくれたの？」

「軽い熱中症かもしれないし、念のため。水分補給と保冷剤代わり。しばらく休もうか」

朝姫さんは冷えたペットボトルを首元にあてる。それだけで表情が和らぐ。

「あー冷たくて気持ちいい」

俺も横に座り、映のうちわで風を送る。

朝姫さんはスポーツドリンクを一口飲むと、「生き返る」としみじみ呟く。

「私、もともと暑いのがあんまり得意じゃなくて」

「この混雑だと仕方ないよね」

「浴衣って思っていた以上に蒸すし、その、水分も控えていたから……」

「どうして？」

半袖Tシャツ一枚の俺でも暑いのだから浴衣ならなおさらだ。

見た目は風流で涼しげだが、地球温暖化が進む時代に快適かと言えば微妙だろう。

しかも緑と土と水に溢れる田舎ではなく、ヒートアイランド化が懸念されている東京のど真ん中で催されているお祭りである。

「だって……」

「だって？」

「希墨くん、珍しく野暮」

朝姫さんは恥ずかしそうにしているばかりで、答えてはくれない。

暑いのに水分を控える理由を考えてみる。浴衣に人ごみ、かつ女の子。

「──あ。そういうことか」

「そうだよ。この格好でこの混雑だから、気軽にトイレなんか行けない」

朝姫さんは顔に玉のような汗を浮かべて、目を逸らす。

「大変失礼しました」

うちわをあおぐリズムが思わず速くなる。

「け、けどマジで体調きついなら紗夕の家か俺ん家に先に戻って休んでくれてもいいからね。そこは遠慮しないで！」

「ここ涼しいから、もう少しこうしていれば多分大丈夫」

「なら、いいんだけど……」

俺はなんとなく朝姫さんの顔を見るのが気まずくて、薄暗い茂みの方に目をやった。

そのまま会話は途切れたが、ここまで聞こえてくるお祭りの喧騒で沈黙の息苦しさはない。

目をつぶり静かに身体を休める朝姫さんとふたり、風の吹き渡るこの薄闇に身を委ねる。茂みから虫の音が聞こえてきた。

しばらくして、朝姫さんがポツリと言った。

「ねぇ、なんでやさしくしてくれるの？」

「体調が悪いなら誰だって介抱くらいするでしょう」

「それって、でもちょっとだけ残酷かな」

その声音にいつもの愛想のよいトーンはない。生っぽい感情だけが朝姫さんの口から零れる。

「弱っている時にやさしくされたら余計好きになっちゃうよ」

「朝姫さん、俺には――」

俺は即座に言い募ろうとして、朝姫さんに遮られる。

彼女の頭が俺の肩に乗せられていた。

「知ってる。だから言わないで。この感情は諦められない私だけの問題。――って直接本人に伝えてる時点で説得力もないか」

朝姫さんは苦笑しながら誤魔化す。

「俺は感謝してるよ。朝姫さんが、今まで通りの態度でいてくれて」

「お互い様。気まずいのは私も嫌だし、クラス委員的にもやりづらいから」

「それは俺も同じ気持ち」

「有坂さんじゃないけど、私だって瀬名会の集まりはふつうに楽しいんだよ。それだけは忘れないで。嫌なら適当に理由つけてフェードアウトするし」

「うん」

ふたりで座っているうちに闇に目が慣れてきていた。

だから気づいた。茂みの奥の木の裏側でなにやら人影が動いていることに。

「ねぇ、希墨くん。あそこに誰かいるよね？」

朝姫さんも気づいたらしい。

「しかも、男女のカップルだね」

「まったく。イチャイチャするならもっとバレないようにしなさいよ」

「お祭りのムードで盛り上がちゃったんじゃない」

「あ、キスした」

ふたつの影が重なっている。

おーい、バッチリ見えるぞ。場所を弁えろ。

他人のキスシーンなんて誰が好んで見たいと思うのか。

でも今下手に移動して向こうに気づかれるのもなんか嫌だし、朝姫さんももうしばらく休ませてあげたい。

俺達はそのままベンチに座っているしかなかった。

それにしても気まずい。

「……キスといえば希墨くん、有坂さんとはもうキスしたの？」

不意打ちのように朝姫さんが訊ねてくる。

「えぇ⁉」俺が動揺した拍子に、朝姫さんの頭も肩から離れる。

「しっ！　声が大きい。気づかれるでしょう」

「朝姫さんが変な質問するからだろ」

俺は声を抑えつつも、なんとか言い返す。

「それで、どうなの？」

答えを急かすように朝姫さんがぐっと身を寄せてくる。

「朝姫さんには関係ないだろ」

「友達として気になるし」

「言えない」

「その答え方はほぼYESって言ってるようなものだよ」

こちらの心を見抜くように微笑を交えて指摘する。気持ちを酌み取ってくれるのは楽な一方、隠しごとができないのも厄介だ。心のプライバシーがなくなってしまう。

「俺をからかって楽しい？」

思わず拗ねた言い方をしてしまった。

「前も言ったでしょう。私、希墨くんの困り顔を見るのが好きだって。嫌なら控えるけど」

クスクスと口元を押さえながら朝姫さんは実に楽しげだった。

「ぜひともそうして」

俺は強く懇願する。

「えータダでは無理かな」

「友情に対価を求めないでよ」と俺は深く考えずに口走ってしまう。

「男女の仲に友情を求めないでよ。バカ」

朝姫さんは我慢ならないといったように目を逸らし、そしてぽつりと呟く。

「──友情と愛情のバランスをとるのって結構大変なんだよ」

その言葉に俺は固まってしまった。愛想のよい笑顔をいつも浮かべている朝姫さんの、誰も知らない顔を垣間見たような気がした。

再びの沈黙。今度はかなり気まずい。

だが、この状況を察知したように俺のスマホが鳴り出した。

慌ててポケットから取り出すと、発信者はヨルカだった。

俺は自らの鉄の掟に従い、すぐに電話に応答する。

「はい、希墨ッ！」

『もしもし。そっちに映ちゃん来てないよね？』

ヨルカは慌てたような声で単刀直入に切り出す。

「いないけど、どうした？」

『映ちゃんとはぐれちゃったのよ。みんなで金魚すくいして、移動している最中にいつの間にか姿が見えなくなって』

「映が、迷子？」

『ごめんなさい。手分けしてあちこち捜したんだけど見つからなくて。とりあえずみんなで金魚すくいのところまで戻っているところ』

ヨルカは申し訳なさそうに謝ってくる。

「――そうだ、スマホ。ヨルカ、一旦切るぞ」

俺は急いで映のスマホに電話をかける。だが一向に応答しない。

「もしかして映ちゃんって、その巾着にスマホ入れっぱなしなんじゃない」

朝姫さんの指摘に、俺は映の荷物を預かっていたことを思い出す。慌てて巾着の中を漁ると、律儀にマナーモードで震え続けるスマホが出てきた。

「映のやつッ！」

映がスマホを携帯していないこと、俺達が拝殿の前にいることをヨルカに電話で伝えると、やがてみんなが血相を変えて走ってきた。

「スミスミ。ごめん、映ちゃん見つからなかった」

「きー先輩、映ちゃんが行きそうなところわかりませんか」

「俺、ちょっとそのへん捜してくる」

居ても立ってもいられず、俺は入れ替わりに走り出そうとする。

「瀬名、落ち着け。おまえひとりで闇雲に捜しても効率が悪いだけだ」

七村の固い拳が俺の胸を軽く叩いた。一瞬息がつまる。そのおかげで自然と深呼吸ができ、俺は少しだけ冷静さを取り戻す。

いつも映に落ち着けと注意しているのに、いざとなれば自分もこの様だ。情けない。

「……すまん」

「もう小四だろ。近所なんだから妹ひとりでも歩いて帰れるはずだ」

七村の希望的観測は俺を励ますためとわかりながらも、気休めにはならなかった。

「そうかもしれないけど。この人ごみだろ。なにかあったら……」

映の性格を考えれば十分にありえることだが、それでも万が一事故や犯罪に巻きこまれていたらと思うと気が気ではない。

「きー先輩、もう一度みんなで捜しましょ！」

「そうよ、希墨。映ちゃんが心配なのは全員同じなんだから」

「スミスミ。映ちゃんも途中でスマホ持ってないのに気づいて、こっちを捜してると思うよ」

紗夕の一声にヨルカとみやちーも手伝いを買って出る。

「みんな。せっかくのお祭りの日なのに……」

「瀬名。そういうのは言いっこなしだ」

七村の目が早くみんなに指示しろと訴える。

「ありがとう。紗夕は祭りの本部に行って、迷子の放送を流してもらってくれ。きっと町内会の人が誰かいるはずだ。集合場所はこの拝殿の前と指定してくれ」

「了解です！」

「俺、七村、ヨルカとみやちーは一旦鳥居のところまで戻って、境内を奥に向かってローラー作戦で捜そう。四人で分かれて捜せばそうそう穴はないはずだから、誰かしら映と当たると思う。女子は浴衣だからあんまり無理しないで」

三人は頷く。

「朝姫さん、しんどいところこんなことになってごめん」

「もう落ち着いたから大丈夫。私はなにをすればいいの？」と朝姫さんも手伝ってくれる気満々だ。

「朝姫さんはここに待機してて。迷子の放送を聞いた映が来るかもしれないから。あと、情報共有してもらえる？」

「わかったわ。みんな、なにかあれば私へ電話をちょうだい。私がグループラインですぐに共有するから」

俺の最低限の指示を、朝姫さんは完璧に酌み取ってくれた。

「みんな、力を貸してくれ！」

瀬名会の面々はそれぞれの使命を帯びて再びお祭りの雑踏に散って行く。

ほどなく映は無事に見つかった。
発見してくれたのは瀬名会のメンバーではなく、生徒会の役員達と遊びに来ていたあの花菱清虎だった。
映は金魚すくいをした後、たまたま小学校のクラスメイトに声をかけられ、話しこんでいる間にヨルカ達を見失っていたそうだ。泣きそうな顔で歩いているところを、偶然花菱が見つけて保護し、一緒に俺達を捜してくれていたらしい。そして、迷子の放送を聞いて、映を拝殿まで連れてきてくれたのだ。

朝姫さんからの連絡を受けて、俺達は再び拝殿に戻ってきた。

「ぎーずーびーぐーん」

俺を目にした途端、泣き出した映は抱きつこうとこちらに駆け寄ってくる。

「どうしておまえはいつも勝手なことをするんだ！」

だが、抱きしめてあげたい気持ちを堪え、俺は兄として心を鬼にして妹を叱った。

「学校の友達とお喋りするのは構わない。だけど、おまえが一言みんなに声をかけていればはぐれずに済んだ話だ。みんなどれだけ心配したと思ってるんだ！」

自分でも思った以上に大きな声が出てしまう。

そんな俺の説教に、映は泣きながらも固まっていた。

「映ちゃん、希墨はずっと心配してたんだよ。それだけはちゃんとわかってあげて」

見かねたヨルカが映に寄り添い、やさしく語りかける。

「まったく、何事もなくてよかったよ」

「ご、べん、なざい」

俺が映の頭を撫でると、映は俺の胸にしがみついてただただ泣いていた。

「花菱、ほんとうに助かった」

「瀬名ちゃん、かわいいレディのピンチを助けるのは男として当然のことさ」

「今日ほどおまえのモテる理由に納得したことはないよ。よく俺の妹だってわかったな？」

「そりゃ妹さんは瀬名ちゃんによく似てるじゃないか。一目見て、もしやと思ってね」

「似てるって言われることは珍しいんだけどな」

ヨルカでさえ最初は俺の浮気相手と勘違いしたのだ。しかも俺の家で映と対面したにも拘わらずだ。

花菱の慧眼には恐れ入る。

「相変わらず、美味しいところを攫っていくのはお見事ね」

「朝姫さん」と俺は思わず口をはさむ。

「わかってる。アンタが妹さんを見つけてくれたおかげでほんとにほっとした」

朝姫さんのぶっきらぼうな言い方にも、花菱は嬉しそうに笑う。

「たまたまだよ。朝姫こそ熱中症気味だったんだって？　もう調子はいいのかい？」

「平気よ。ていうか、生徒会の子を待たせてるんでしょ。早く戻れば」

「おっと、いけない。そうだった。朝姫の浴衣姿につい見惚れて忘れていたよ」

「浴衣の柄が素敵なだけよ」

「着ている朝姫が素敵なんだよ」

いつものように花菱は人目も憚らず褒めまくる。朝姫さんは「ウザッ」とドン引きしていた。

「それじゃあ僕は失礼するよ」

「ありがとう、花菱。このお礼は今度またする！」

「僕と瀬名ちゃんの仲じゃないか。気にしなくていいよ」

花菱はそう爽やかに言って、屋台の方に去っていった。

俺と映はあらためてみんなに頭を下げた。

「みんなもほんとうにありがとう」

「ごめんなさい」

誰もが一安心といった様子で微笑んでいる。

瀬名会のみんなのやさしさに俺は心から感謝する。

「どうする？　まだ八時前だし、もう少し遊んでいくか？」

七村の問いに、みんなは顔を見合わせている。

俺は迷子の一件で気疲れしたこともあり、もうあの雑踏は遠慮したい気分だった。みんなも同じ気持ちのようだ。

「そしたら私の家の庭で花火しません？　手持ち花火買ってあるんです」

紗夕の提案に、満場一致で賛成。

俺達は神社から徒歩十分ほどの住宅街にある幸波家に歩いていくことになった。女子達の着付けといい、花火といい、今日はほんとうに幸波家にはお世話になりっぱなしだ。

「おぉ、幸波ちゃんのお母ちゃんも美人」

「後輩の母親に発情するな。この節操なしが！」

俺は七村の脇腹に拳を叩きこむも、相変わらずの鋼の筋肉でこっちの手の方が痛い。

「それはマジでドン引きです。今後は出入り禁止にしますよ」

紗夕のゴミを見るような目に、七村もさすがに自重した。

ようやく笑顔を取り戻した映や元気になった朝姫さんも、みんな花火を楽しんでいた。

彩り鮮やかな花火がパチパチと闇に輝く。

「よーし、じゃあラストに線香花火で対決しよう。一番長くもたせた人が優勝ね！」

手持ち花火をすべて遊び終わり、みやちーの号令で一斉に線香花火に火をつける。

誰もが先端の小さな火の瞬きを見つめて黙りこむ。

次々に玉が落ちていき、最後にヨルカと朝姫さんのふたりが残った。

「おーっと、これは好カードだぞ！」

「勝つのはヨル先輩か、アサ先輩か！」

盛り上がる七村と紗夕。だが、ヨルカと朝姫さんは勝負がついても黙ったままだった。

第八話　彼女が水着に着替えたら

「絶景だな、瀬名」

「あぁまさに楽園だぜ、七村」

青空は高く、海は静かに波打ち、白砂のビーチに降り立つ水着姿の美少女達。

その眼福な光景に、俺と七村は恍惚となっていた。

あまりの幸福に、ふとこれは夢ではないのかと不安に襲われる。だがすぐに頭上から降る強烈な日射しと素足に感じる砂の熱さが現実であると教えてくれた。

これぞ夏。

ほんとうに来てよかった。

すべてが開放的な景色に心は躍る。

我々の青春の一ページが今まさに刻まれていく。

待ちに待った夏の一大イベントがこれからはじまるのである。

「「海だーーーーッ‼‼」」

俺と七村は一緒になって歓喜の雄叫び。

肌をあぶる太陽光ですら俺達のテンションを急上昇させる刺激でしかなかった。

今朝早く、駅前に集合した俺達瀬名会の面々は神崎先生とアリアさんがそれぞれ運転するクルマに分かれて乗車。神崎先生の家の別荘へと出発した。

高速道路を利用し、何度かサービスエリアで休憩。その時々に間食したり、乗車メンバーを入れ替えたりしながら道中は楽しくすごした。車内ではおしゃべりが尽きず、山手線ゲームをしたり、音楽を流せばテンション高く合唱したりとずっと騒がしかった。かと思えば朝が早かったせいで急にスイッチが切れたみたいにみんな寝落ちして静かになる。高速道路を下りてから、大きなスーパーマーケットで食料品などの買い出し。あれやこれやと買いこみすぎた感が否めないのは、それだけ俺達が楽しんでいる証拠だろう。

そしてお昼すぎ、目的地である神崎先生の家の別荘にようやく到着。

別荘の外観はクラシックなペンション風。どっしりとした木製の玄関ドアを開けて中に入ると、そこには木材を多用した内装とモダンで高級感溢れる調度品でまとめられた空間が広がっていた。俺もみんなも思わず感嘆の声を上げる。朝姫さんや紗夕は早速スマホで写真を撮りまくっていた。

別荘の近くに歩いていける海水浴場があるということで、すぐに海へ繰り出すことになった。

各自ふたりずつで割り当てられた部屋に入り、水着に着替える。

部屋割りは俺と七村、ヨルカとみやちー、朝姫さんと紗夕、アリアさんと神崎先生。

俺と七村はさっさと水着に着替えて、神崎先生から仰せつかったパラソルやデッキチェアを物置から出す仕事にとりかかる。なんとこの別荘、いつでも海で遊べるようにレジャー用具一式が完備されていた。カヤックまであったぞ。

「瀬名はそっちのビーチボールを膨らましておけ。俺はこの浮き輪だ」

「合点承知だ」

女性陣が着替えるのを待つ間に、俺と七村は玄関先で肺活量の多さを競うように息を吐き続けた。

そこにヨルカとみやちーが玄関から出てきた。

「希墨達、テンション高すぎ」

「だってみんなで海だぜ。なんか嬉しくない？」

「わたし、そういえば日本の海で泳ぐのってはじめてかも……」

ふと自分の記憶を辿りはじめるヨルカ。

唐突にお嬢様っぷりを発揮するのも、また俺の恋人らしい。

ゴールデンウィーク中も家族で海外のウォーターリゾートに行っていたヨルカからすれば、それほどはしゃぐことでもない様子だ。

ヨルカは水着の上から大きめのTシャツを着ていた。それでも起伏に富んだ身体のラインがわかる。というか、むしろ隠されているせいで余計に想像力をかき立てられてしまう。

みやちーの水着は、紫色を基調としたチューブトップのビキニで、胸元にかわいらしいフリルのあしらわれたデザインになっている。

「ななむー浮き輪膨らんだ？　あたしに貸して～」

「おし。宮内、上手くキャッチしろよ！」

「どんとこいッ！」

七村はさながら輪投げのごとく膨らませたばかりの浮き輪を投げる。

みやちーは両腕を頭上に上げて的棒になり、真ん中にすっぽりと収まった。

「「おぉ～～」」

俺とヨルカは拍手を送る。

そんな感じで海が待ち切れないとはしゃいでいると、俺は部屋にスマホを忘れてきたことを思い出した。急いで部屋に戻って、スマホを確保。

再び廊下に出たタイミングで、朝姫さんと偶然出くわす。

「朝姫さんも準備できた？」

「うん。待たせてごめんね」

「下で浮き輪膨らませたりしてたから大丈夫」

「あ。希墨くん、ちょっといい？」

「なに？」

「水着にさ、着替えたんだけど、変なところがないか見てくれない？」

朝姫さんは着ていたパーカーのファスナーをおもむろに下ろしていく。

なぜか俺の目にはその光景がスローモーションのように見えた。

ゆっくりとファスナーが開かれていき、やがて水着が露わになる。

朝姫さんは、赤と白の細いストライプ柄のシンプルなビキニだった。トップスのストラップは透明。このまま週刊誌の巻頭グラビアに掲載できそうなフレッシュで爽やかな印象。朝姫さんという美少女の素材のよさを引き立てる抜群のチョイスだと思う。

なんというか水着はその露出度の高さにも拘わらず、他人に見せるのが前提になっているものだ。

とはいえ、クラスメイトのビキニ姿をまじまじと見るのは憚られて、思わず目が泳いでしまう。

ずっと見ていたいけど、あんまりガン見してしまうのも躊躇われる。

海辺やプールサイドでの水着と違って、廊下で水着というどっちつかずのシチュエーションのせいもあり、妙にソワソワしてしまう。

「どう、かな？」

「似合ってるよ。すごくいいと思う」

「ちゃんと見てくれた？　なんか目逸らすの早くない？　もっとしっかり見てもいいんだよ」

俺の動揺を察した朝姫さんが、からかうように近づいてくる。

今、限りなく防御力の低い格好で女子が接近してきます。

ヤバい。エマージェンシー。下心で顔がニヤケそう。

クソ。表情筋のコントロールができないッ。

こんな時こそ堂々としろ、瀬名希墨！

水着のパワーなんかに負けるな。

「ほら、希墨くん。こっち向いてよ。別に見ても減るもんじゃないんだし」

「あ、朝姫さん。あんまり男を挑発しない方が」

男の本能として嫌でも気になってしまう。

普段の制服姿を見慣れているからこそ、ギャップが余計にデカい。

逸らした視線の先には、自分の部屋のベッドがあった。

ぶっちゃけ水着なんて下着も同然じゃないか。経験もなく、本物に免疫のない思春期男子には生の水着はやっぱり刺激が強すぎるよ。グラビアとかネットの画像とは次元が違う。立体的で動いているし、本人がしゃべってるんだもの。

「私は安売りするタイプじゃないから安心して」

「な、なにに安心するのさッ？」

声が裏返ってしまった。

「希墨くんに一番に見てほしかったの。この水着、喜んでもらえるかなって」

またそうやって男心をくすぐるようなことを言ってくるから朝姫さんは悩ましい。

「朝姫さん、あんまり男を信用しすぎない方がいいよ」

「え、急にどうしたの？」

「お望み通りよく見るよ。じっとしてて」

からかわれっぱなしで終わるわけにはいかない。

俺は攻めに転ずるように朝姫さんの全身を隈なく観察する。

視線でスキャンするみたいに余すところなく目に焼きつけていく。

「――……あ、その、そう開き直ってまじまじ見られると、なんか変な気分なんだけど、な」

「朝姫さん。そのままで」

胸を隠そうして上がりかけた手を、俺は制止させる。

先ほどまでの余裕はどこへやら。朝姫さんの顔はみるみる赤くなってきた。隠したいけど隠せないという中途半端なこの状況をただ耐えているといった有り様だった。

羞恥心のチキンレースに勝利したのは、俺だった。

「も、もうおしまい！」

朝姫さんはパーカーの前をかき合わせて、そのまま階段を駆け下りていった。

廊下にひとり残された俺は奇妙な高揚感と虚しさに襲われる。

「やっぱ、水着の威力って半端ないわ」

夏の魔物はいつだって容赦がない。

一同集合して、いざ海水浴場へ。

別荘から担いできた荷物を下ろして、俺と七村はパラソルの設置に取りかかる。

大きいシートを二枚、砂浜に広げていく。風で飛ばされないようにクーラーボックスや荷物を重しとして置く。各々に大きなパラソルを差して日陰を作る。その下にデッキチェアを並べていく。

「ぶぅ！　先輩方はまだ終わんないんですかぁー！」

「文句があるなら紗夕も手伝えよ」

「男の人の活躍の機会を奪うのは申し訳なくて」

紗夕は蛍光イエローのビキニに、ボトムスにデニムのショートパンツを穿いている。頭にはサンバイザーを着けており、紗夕らしいカジュアルなコーディネートでまとめている。

「というか私、暑くてもう待ち切れない」

「同感です！　もう海に入っちゃいましょう！」

朝姫さんと紗夕はサンダルを脱ぎ捨て、砂浜を駆け出す。

キャーとかわいらしい悲鳴を上げながら海に入っていく。

波打ち際でパシャパシャと遊んでる様はすごく楽しそうだった。

「あのみなさん、準備運動はしっかりして、こまめに休憩して水分を摂ってくださいね。無理は禁物ですよ。怪我や事故には気をつけて。ひとりで行動せず、離れる際には誰かに必ず言伝を。他の人もいますのであまり騒いで迷惑にならないように」

神崎先生はいつもの調子で注意事項を述べていた。

先生の水着は上品なリゾートスタイルの趣だ。つばの広い帽子に、ハイネックのトップスは胸元が複雑に編み上げられたレースとなっており、長いパレオを腰に巻いていた。露出は抑え気味だが、いかにも大人の女性らしい身体つきは隠し切れていない。

「紫鶴ちゃん、真面目か！　堅いよ。学校行事じゃないんだからカジュアルにいきなって」

「しかしですね、仮にも生徒を預かる身としては……」

「はーい、じゃあ女子、ナンパには気をつけろ。男子は暴れるな。以上、行ってきな」

アリアさんは簡潔な注意だけすると、早速デッキチェアで横になり長い脚を伸ばす。

「え、着いた途端に横になるんですか？」

「大人には大人の楽しみ方があるの。スミくーん、缶ビールとってくれる」

サングラスをわずかに下ろして、近くにいた俺を早速こきつかってくる。

アリアさんの水着はスタイリッシュなセレブ風。ストラップがクロスした凝ったデザインのビキニで、細いチェーンの装飾もありオシャレでセクシーだった。相変わらず見惚れるようなスタイルを惜しげもなく晒す様は堂々としたものである。

「昼酒なんて早くないっすか？」

どうぞ、と給仕係のように俺はクーラーボックスから缶ビールを出して手渡す。

「夏休みだからいいじゃない。それに朝から運転しっぱなしで、もう心も喉もカラカラよ。これくらいのご褒美もあっていいでしょう。あー美味しい」

至福の時とばかりにアリアさんは冷えたビールを味わう。

行きの道中ずっと運転してくれていた神崎先生とアリアさんはお疲れのようで、パラソルの下でくつろぎモードだった。

そんな美女ふたりの隠し切れない色気は、自然とビーチの視線を集めていく。

大人組の圧倒的色気には、意識してはいけないと自分に言い聞かせていても目を奪われてしまう。ここにも夏の魔物がいる。

「……スミくんも見すぎ。エッチ」

「え？」

散乱した荷物を片づけている俺に、アリアさんが目敏く指摘する。

「だって手が止まってるんだもん。ヨルちゃんに言いつけるよ」

「ちょっと！　また誤解を招きそうだから勘弁してくださいよッ！」

せっかくの旅先で姉妹喧嘩は避けたい。

「希墨くん達も来なよ！」

「冷たくて気持ちいいですよ！」

朝姫さんと紗夕は腰まで海に浸かり、楽しげに水をかけ合って遊んでいる。

俺もTシャツを脱いでいざ向かおうとするが、ヨルカはTシャツを脱ぐのを躊躇していた。

「ヨルカ、泳がないの？」

「泳ぐけど……」と答えながらも、じっと俺を上目遣いで見る。

「恥ずかしい？」

「うん」

俺は世界が終わったような気分で砂浜に膝をついた。

「せっかく死ぬほど悩んだ末に選んだ水着のお披露目なのに、見れないなんて。死ぬほど楽しみにしてたのに。あんまりだよ」

俺は嗚咽を漏らす。

「だ・か・ら、そんなに期待されるとこっちもプレッシャーなの」

「なに言ってるんだよ。ヨルカと海に来れただけで最高の夏だし、その上水着姿を見れるなんて俺には奇跡みたいなもんなんだぞ。エンドレスに加点しかないから」

俺は包み隠さず本心を述べる。

どうしてかヨルカは黙りこんでしまい、近くにいた七村とみやちーが含みのある視線をこちらに向けてくる。

「聞きました、ななむー？」

「聞いたぜ、宮内。瀬名は相変わらず豪速球すぎるんだよ。ほれ、有坂ちゃんがゆでだこみたいに真っ赤になってるじゃんか」

「俺はなにも間違ったことは言ってない」

自分の恋人の水着姿を楽しみにしてなにが悪い。

「――ああ、もう！　たかが水着でしょう！」

ヨルカがついにTシャツを脱いだ。

俺は息を呑む。

俺が選んだミントグリーンのビキニを着たヨルカが目の前に立っている。爽やかな色合いはヨルカの白い肌によく映え、ガーリーなデザインと相まって、清潔感とやさしい印象を際立たせている。大人っぽいヨルカに新しい魅力をもたらす絶妙な一着だと思う。

「…………」

「で、ご感想は？」

ヨルカが恥ずかしそうに自分の腕を抱きながら訊ねる。

「すごく似合ってる！　一生見ていたい！」

「素直すぎる感想で気持ち悪い……」

「褒めてるんだよ。全力で褒めてるから」

「それは十分伝わってるけど気合い入りすぎ！」

照れ隠しなのかヨルカにきつい言葉を返されても、俺の耳にはろくに届かなかった。ただただ呆然と見入ってしまう。

「も、もう、早く海に入ろう！」とヨルカは俺の手を取る。

いつまでも見られているくらいなら海の中にいた方がマシということだろう。

ようやく海に入ると、火照った身体が気持ちよく冷えていく。

「海、気持ちいいねぇ」

みやちーは、大きな浮き輪にすっぽり収まり、波の上でぷかぷかと浮かんでいる。

「みやちー、リラックスしすぎて流されないようにね」

「さすがに寝落ちとかはしないから。それにあたしには強力なエンジンがついてるから」

「むしろ振り落とす勢いで加速していいか？」

みやちーの浮き輪を七村が後ろから押していた。

「え、嫌だ」

「嫌と言われたら、むしろやりたくなるッ！」

「おー速い」とみやちーも楽しげな声。

七村の物凄い勢いのバタ足で、あっという間にふたりの姿が遠ざかる。

「ほんとに希墨と海にいるんだね……」

ヨルカはしみじみとした声で言う。

「まぁ、去年の夏とはえらく違うもんだな」

俺はヨルカと付き合えるなんて思いもよらなかったし、コミュニケーションが苦手なヨルカがこうして個人的にクラスメイト達と遠出するなんて想像もしなかっただろう。

「友達と一緒に海に来てるなんて、なんだか不思議」

「いろんな体験ができて楽しいだろ」

「うん。もっと緊張するかなって思ってたけど、クルマの中でもずっと笑ってた気がする」

「そうだな。……ところでヨルカ、無理に肩まで浸かってないか」

妙にヨルカの頭の位置が低い。水着姿を隠すためにわざと中腰になっているのではないだろうか。

俺はヨルカの頭上から海中のビキニに包まれた胸を露骨に凝視した。

「そんな風に上からじっと見ないでよ！」

「じゃあ、海の中でならいいのか？」

俺は答えを聞く前に海に潜った。

塩水であることなどお構いなしに薄目を開いて、姑息にも海中からヨルカの身体を見ようとする。が、その前に視界が急に暗くなった。俺の頭の後ろに腕が回される。

そして、やわらかい感触と息苦しさが同時に襲いかかった。

俺はその正体をすぐに理解して、必死に水の中に留まろうと我慢する。

だが最初に抱きつかれた時点で驚いて、肺に溜めていた空気のほとんどが口から泡となって消えていた。

それでも俺は耐え続ける。むしろ永久にこのままでいたい。

ほぼ無酸素状態での潜水の限界に挑む。

「え、ねぇ。大丈夫よね？　泡も出てこないんだけど」

ヨルカの腕が解けると同じタイミングで、俺は海面に飛び出す。

激しい呼吸で必死になって身体が酸素を求める。

空気が死ぬほど美味い。

「死ぬかと思った」

「どれだけ我慢してるのよ！」

ヨルカは自分の悪戯に対して、本気を出してしまった俺を心配していた。

「あれ、ここは天国？　それとも現実？」

「どっちかしらね」

「ちょっと、さっき幸せな感触を顔に感じたのでもう一度確かめてくるわ」と俺が再び潜ろうとするのをヨルカは慌てて止める。

「希墨の執着が思った以上にすごかった。すぐに顔を出すと思ったのに」

「ずいぶん大胆なことしてくれたなって嬉しかったけど」

「た、ただのハグよ」

「そうか？　水の中だし、いつもといろいろ違うから」

「いい！　思い出さなくていい！」

「無理でしょ。すげえやわらかかったし」

「言葉にするなぁ!?」

ヨルカは俺の記憶を消さんとばかりに襲いかかってくる。

「積極的になってくれるのは、恋人としては嬉しいよ」

「……一瞬だけなら、わからないかなって」

「俺を甘く見すぎ」

恋人の顔がすぐそこにあった。そして、ふっと近づき、唇に軽くキスをしてくる。

「今日のキスはしょっぱいわね」

「こっそり嬉し涙を流しちゃってたからな」

「どこが。顔、ニヤけてる」

「さすがに旅行中にキスは難しいかなって思ってたから」

みんながいる以上、ふたりきりの時みたいにはできないだろうと思っていたから、ヨルカの不意打ちのキスは嬉しい誤算だった。

「──わたし、キスが好きみたい」

「気が合うな。俺も大好き」

「もう一度する？」

「したい、けど。さすがにそろそろ合流しないと怪しまれるだろう」

などと呑気に構えていたが、例によって俺の認識は甘すぎた。


「さっき、ふたりでなにしてたの。海に潜ったり、抱きついたり楽しそうね」

遅れてみんなのところに戻った途端、朝姫さんがニコリと言い放つ。

「きー先輩とヨル先輩、旅先でも遠慮ないなぁ」

「ふたりともラブラブだね！」

テンションの上がっている紗夕とみやちー。

ヨルカは鋭い目で朝姫さんを睨んでいるが、自分が招いた結果なので大っぴらに非難できないようだ。

「〜〜〜くっ」

「どうしたの、有坂さん？　恋人同士仲良くて羨ましいなぁ」

だんまりを決めこむヨルカ。羞恥のせいか、朝姫さんへの怒りか、その顔は耳まで赤い。

「せぇ〜なぁ〜〜」

この中々緊張している場面に、不気味な呼びかけと共に、海坊主のように七村が海面から顔を出す。

「うわ、なんだよ。しかもなんで俺の後ろに立つ？」

なんだか嫌な予感がする。

「瀬名。今回はグループ旅行だ。彼女とイチャイチャしたいなら、夜まで我慢しやがれ」

「ふ、ふたりで話してただけだろう！」

「有坂ちゃんはどこにいても目立つんだよ！　ちょっとは周りに気をつかおうな！」

そう叫ぶと七村は俺の腰回りをガッシリと腕でホールドする。

「七村、よせ！　やめろ！」

「幹事だろうと問答無用ッ」

「早まるな！」

俺は必死に暴れて逃れようとするが、七村の太い腕はビクともしない。

「リア充、爆発しろぉぉぉぉぉぉぉーーーー!!!!」

「おまえにだけは言われたくねぇーーーー!!!!」

そのまま俺は高々と宙に放り投げられた。なんというパワー。

一瞬の無重力。

空が真正面に見えたと思ったら、次の瞬間には海面に叩きつけられていた。

「ナイス、七村くん！」

「グループの和を乱すやつには天誅だ！」

朝姫さんと七村は高々とハイタッチ。

俺は塩辛い海水がモロに鼻に入って盛大にむせていた。

◇◇◇

それからもなんやかんやと海で遊んでから遅めの昼食を済ませる。

太陽も傾きはじめ、生温い潮風と満腹感が眠気を誘い、ふかふかのバスタオルにくるまりながらまったりと休憩する流れになっていく。

そのタイミングを待ってましたとばかりに七村が「瀬名、ちょっと来いよ」と俺だけを引っ張り出した。

みんなのいるパラソルからどんどん離れていく。

「いやぁ、有坂姉妹に神崎先生のビッグスリーは迫力抜群だな。次点は成長がまだまだ期待できる幸波ちゃんかな。支倉ちゃんのバランスは神がかってるな。宮内も宮内でかなり魅力的な体型だし好きな人は大好きだよな」

「おまえそれ、絶対本人達の前で言うなよ。殺されるぞ」

「男同士だからぶっちゃけてるんだよ」

「で、七村。こっちになんかあるのかよ？」

わざわざおっぱいトークをするためだけに俺を連れ出したわけでもあるまい。

七村はよくぞ訊いてくれたと、白い歯をむき出しにして笑う。

「ナンパに付き合え」

「はぁ？」

「ナンパ。あそこに気になる美人がいるから声をかけに行くぞ」

七村の指差す先にはセクシーな水着のお姉さん達がパラソルの下で寝そべっている。

「行くかよ⁉　俺にはヨルカがいるんだぞ」

「黙ってれば問題ないから」

「大アリだよ。それって浮気だろ」

「細かいなぁ」

「ナンパするなら自分ひとりで行けよ」

「おまえにもひと夏の経験を味わわせてやろうという俺の友情だぞ」

「ヨルカに知られたら切腹ものだ」

「そこまでかよ」と七村は鼻で笑う。

「同じビーチにいるのにバカげてるって」

「男はリスクがあっても果敢に挑戦すべきなんだ」

「そういう前向きさは俺にはいらんわ！」

「ノリ悪いぞ。人生経験だと思えよ」

七村は実に軽いノリで誘ってくる。

「学校のみんなで来てるのに、よその女に声をかける神経をむしろ疑うわ」

「だーって瀬名会の女子にはさすがに手を出せないし、そもそも俺の魅力に靡かない特殊な女子ばかりだろう。おまえは有坂ちゃんとイチャつけばいいけど、こっちは物足りないんだよ」

ビーチに来て、水着の女性達を目にしたら七村の男の欲望が疼いてしまったということか。

「みんなにバレたら、余計に冷たい目で見られるぞ」

「大丈夫だって。瀬名は横にいるだけでいいから。上手くいったら適当な口実つけて逃げればいいさ」

「それでも嫌なんだけど」

「じゃあキスしてたこと学校中に広める」

七村はシレっと薄情な口振りで脅してくる。

「それは卑怯だぞ！」

「男の友情を裏切った代償は重いんだよ」

「真の友情に代価は不要だろ」

俺は拒否したが、七村に強引に押し切られた。

うちの綺麗どころをナンパ野郎から守ることは事前に想定していた。が、付き添いだけとはいえ、まさかナンパする側に回るとは思わなかった。

七村は目星をつけていたＯＬらしいお姉さん二人組に声をかける。

そのワイルド系なルックスとバキバキに鍛えられた肉体、軽快なトークで向こうもずいぶんと乗り気な様子だった。

「超いい身体してるね。腹筋割れてるじゃん」

「触ってみる？」

「きゃー硬い。スゴッ」

七村の腹筋を突いて興奮するロングヘアーのお姉さん。

俺は横で地蔵のように一言も発さず棒立ちしているだけ。俺がいる意味あるのか？

なにやら七村が一気に話をまとめにかかってる。

すごい、なんか上手くいきそうな気配。

「じゃあ私、こっちの子がいいかも。なんか初心っぽくて」

と思ったら、まさかのロックオンッ!?

「いや、俺は、その大丈夫なんで」

「あー緊張してるのかわいい！」

もうひとりのショートヘアーのお姉さんのテンションが勝手に上がってるんですけどッ!?

「よかったな、瀬名」

よくねーよ、バカッ！

「心配しなくても、やさしくしてあげるよ。あっちはあっちで仲良くしてるみたいだし」

お姉さんは蛇のようにするりと俺の横に寄ってきた。


「──おふたりとも、なにをやっているんですか」


振り返れば、神崎先生がそこにいた。

「げぇ!?」

七村はカエルが踏みつぶされたみたいな無様な声を発する。

先ほどまでノリノリだったお姉さん二人組は、神崎先生の美貌とその不機嫌な表情に気圧されたのか、固まっている。

「彼らはふたりとも高校生です。お引き取りを」

神崎先生はシンプルにそれだけを言い置き、お姉さん二人組から俺達に視線を移す。

「おふたりも、高校生の分際でなにをやっているんですか」

先生の声音がめちゃくちゃ刺々しい。

「悪い、瀬名。ちょっと強烈な腹痛でトイレ行ってくる。あとは任せたぞ！」

バスケ部エースの尋常ならざる脚力により、砂を巻き上げて爆速で逃走した七村。俺が呼び止める間もなく、百九十センチの長身はあっという間に小さくなっていった。

いや、腹痛なのに足が速すぎるぞ！

一番ヤル気満々だった七村が撤退したせいで、空気が微妙すぎるんですけど！

「行きますよ希墨くん」

神崎先生は不意打ちのように、代理彼氏をしていた時の呼び方で俺の腕を引いた。

「え、ちょっと」

獲物をとられたとばかりに、眉を吊り上げるお姉さん。

「この子は私の両親に会わせたばかりなんです。お手つきされては困ります。私が大事に育てる最中なので。では」

そう言って相手を黙らせて、先生は強引に俺を引っ張っていった。

早足のままましばし無言。

お姉さん達から十二分に離れたところまで来た時、先生は腕を離して、俺に向き直った。

「――なにか言うべきことは？」

「後生です、先生！　俺はただ巻きこまれただけで！」と俺は心の底から懇願する。

「七村さんに誘われたのでしょう」

「仰る通り」

「どうして断らなかったんですか？」

「断ろうとはしたんですが、男の仁義で……」

「不潔ですね」

「冤罪ですよッ！」

なんで燦々と輝く真夏の太陽の下、灼熱の砂浜で水着姿の美人教師から説教を受けなきゃいかんのだ。

「瀬名さんでも、ああいったことをなさるなんて少々失望しました」

「誤解です。信じてください、紫鶴さんッ！」

俺が勢い余って叫ぶと、先生の肩がビクリと震える。

「いきなり下の名前で呼ぶのは反則です！」

そう言った先生の顔には、普段教室で見せる冷静沈着さはなく、むしろ代理彼氏をやっていた時に見せていたような感情的なものが浮かんでいる。

そんなに驚かせるようなことだったか？

「先生だってさっき俺を下の名前で呼んだじゃないですか」

「あれは、あなたを連れ出すためのお芝居です。他意はありません！」

神崎先生はきっぱりと大きな声で弁明する。

「そ、そんな必死に否定しなくても、さすがにわかりますから」

「失礼しました。いえ、変な誤解をあたえたら大変ですので」

「心配しなくても先生が生徒想いなのは知ってますよ」

「そうです、私達はあくまで教師と生徒！　それ以上でもそれ以下でもありません」

やたら強調して否定されると、逆に勘繰ってしまう。

「……先生、なにかありました？」

「なにかあっては困るんですッ！」

先生は悲鳴じみた声で叫んだかと思ったら、恥ずかしそうに顔を伏せ、今度は小声で「ちょっと頭を冷やしてきます」と逃げるようにパラソルのある方とは別の方向へ歩いて行ってしまった。


俺がパラソルへ戻ると、ヨルカひとりしかいなかった。

「他のみんなは？」

「お姉ちゃんはお酒がなくなっちゃったから、買い足してくるって。神崎先生はトイレとか言ってたけど。他のみんなはまた海に行ってる。七村くんはどうしたの？」

「あんな裏切り者は知らん」と俺は吐き捨て、ヨルカのとなりに座る。

「それで希墨。ちょっと、いい？」

「どうした？」

ヨルカは遠慮がちに声をかけてくる。

「念のために日焼け止めを塗り直してるんだけど、手伝ってくれない？」

「女子はUVケアも大変だな」

「わたし、すぐに肌が赤くなっちゃうからね。はい、これ」

ヨルカは自分の日焼け止めクリームを渡してくる。

「一応確認するけど、ほんとうに俺でいいのか？」

「今頼めるのは希墨しかいないし」

ヨルカはおずおずと背中を向ける。

「だよな。このままで平気なのか？」

「えっと、じゃあ横になるね」

ヨルカは俯せになり、片手でビキニのヒモをほどく。

「じゃあ、行くぞ」

「うん。お願い」

俺はクリームをよく手に馴染ませてから、意を決してヨルカの背中に触れる。

「ぁん」

途端、ヨルカが小さくなまめかしい声を漏らす。

「よ、ヨルカ？」

「平気。続けて、大丈夫だから」

俺はヨルカの言葉を信じて続ける。俺のわずかな動きにも敏感に反応して、その度に熱っぽい吐息を漏らす。

ただクリームを塗っているだけなのに、この背徳感はなんなのだろうか。

ヨルカの息遣いはなぜか荒くなり、耳の先まで真っ赤になっていく。

肩や背中、腰まで漏れなく塗ったところで俺の手は止まる。順番的にそのまま下半身に下がっていくことになる。つまり、次はお尻だ。これはアリなのか？

「希墨……、どうしたの？」

ヨルカは肩越しに振り向きながら、上ずったような声で訊いてくる。

「あ、いや、今クリームを足すところ」と俺は再び日焼け止めを手のひらに出し、先に足先から塗っていった。細い足首からしなやかなふくらはぎへと手を滑らせていく。膝裏まで達したところで手が一瞬だけ止まる。

ヨルカはなにも言ってこない。

俺はこのままいってOKなんだろうと思い、慎重な手つきでふとももに触れていく。やわらかくて張りのある心地よい弾力を手のひらに感じる。俺の両手は再びお尻に近づいていく。

え、どうする？　流れのままにお尻に触れちゃっていいのか。

迷っていたから手元への注意が疎かになる。

「ひゃん⁉」

内ももに当たる俺の親指はかなり際どい位置まで上昇していた。

「きー先輩、ビーチでエロイことは禁止ですよ！」

「うわっ⁉」

いつの間にか戻ってきていた紗夕がこちらを睥睨してくる。

「驚きすぎ。ヤバいことやってた自覚あるんじゃないですか？」

「そ、そんなことあるか！」

「ヨル先輩の肌に触れられてラッキーくらいには思ってますよね」

「わかってるなら邪魔すんなよ」

「ぶぅ！　恋人同士だからってこんなビーチの真ん中で発情しないでください」

「発情はともかく、こんなの恋人同士のスキンシップのひとつだろ！」

「あ、あの、残りも早く塗ってくれると嬉しいかな。恥ずかしい」

俺が言い返す横で、放置されたままのヨルカがか細い声で訴えた。

「ヨル先輩、私がやってあげますよ。はい、きー先輩はどいて」

紗夕が強引に俺と交代する。

女子同士ということで、紗夕の手つきは遠慮なくテキパキとしたものだ。

俺が躊躇していたお尻まで丹念に塗り延ばしていく。

「うわーヨル先輩のお肌スベスベだし、やわらかい。触ってて気持ちいい」

「紗夕ちゃん、実況しないで」

「ごめんなさい。つい楽しくなっちゃって」

横で見ているしかない俺は、なんだか悶々としてしまう。

いや、これはエステのようなものだ。お肌の保護のために日焼け止めを塗っているにすぎない。

「ヨル先輩、塗り残しがないように、念のため脇の方もいきますね」

紗夕は脇の下に手を滑りこませた。そして表情が一変する。

「うわ、おっぱい大きい。すごっ」

「紗夕、そんなにすごいのか⁉」

「はい。国宝級のおっぱいです！」

紗夕のマジトーンな感想に、俺の想像力の翼が羽ばたいてしまう。

海中で顔に当たったふたつの膨らみは国宝級だったのか。

「変な感想言わないでよ！　くすぐったいから！」

ヨルカは身をよじって、紗夕の手から逃れようとする。

「けど、ヨル先輩のご立派なものを綺麗なままに保ちたいんです！」

「まさぐりすぎ！」

乳の魔力に囚われた紗夕の手は止まらない。

一体どこまで塗り延ばすつもりなんだッ、と俺は凝視してしまう。

「――いい加減にしてよ！」

ヨルカの叫びで、俺は我に返った。

「紗夕！　じゃれあうのもやりすぎだ！」

不特定多数の人が利用するビーチである以上、これは公然猥褻罪になるのではないだろうか。

俺はすぐに止めに入った。

なおもヨルカにしがみつこうとする紗夕を引き剝がす。

「わ、私がヨル先輩のおっぱいを日焼けから守るんだからッ！」

「ダメだ、乳の魔力にとりつかれている」

夏の魔物は女子にも効果抜群。

紗夕は羽交い締めにされてもまだ暴れている。必死に伸ばした両手はもにゅもにゅと空を揉む。俺より発情してるじゃないか。クソ、正直羨ましいぞ。

「乳の魔力ってなによ！　バカなの？」

大声で言い合ってた俺達は、ヨルカから「アホなの、この先輩後輩コンビはッ！」とこっぴどく怒られた。

第九話　冷めない熱

ビーチから別荘に戻った俺達は、この別荘のお楽しみである露天風呂に直行することにした。

「大浴場はひとつしかないので、すみませんが男子のおふたりは待っていてください」

「えぇ～～～ッ!!　混浴しようぜぇ～～～!!」

七村の絶叫が別荘中に響き渡る。

もちろん女性陣からボロカスな罵声が雨あられのごとく降り注いだのは言うまでもない。

「あの、当然脱衣所には鍵をかけるので、不埒な真似はできませんよ。なにかしらの方法を用いて覗き見などしようものなら、教育上看過できませんからそのつもりで」

神崎先生はあくまでおっとりとした口調で言い渡したが、目は笑っていない。

「せ、瀬名も混浴したいだろ」

「今回はまったく共感もフォローもできん」

俺も無慈悲に突き放す。

「せめて定番の覗きをしようぜ」

「七村、そんなものは男の愚かな幻想だ。正気に戻れ」

「いやいや、むしろ女子達に対する礼儀だって」

「おまえ、それ本気で言ってるなら軽蔑するぞ。俺は全力で阻止するからな」

俺の殺意に満ちた警告に、珍しく七村は素直に引き下がった。

どこの世界に自分の恋人が入っている風呂場を覗かせる男がいるだろうか。いや決していない。

「俺達は外の洗い場で海水落とすから、気にせずゆっくり浸かって」と七村を外に連行する。

というわけで風呂の時間である。


湯けむりの向こうは天国でした。

全員が湯船に浸かっても足を伸ばせる広さの大浴場は源泉かけ流し。立派なしつらえで、温泉旅館と遜色がない本格的なものである。

お湯はやや熱めだが、美容にも効くお湯の成分は女子にはポイントが高い。

「やはり大きなお風呂はいいですね」

「紫鶴ちゃん。何度来ても、このお風呂は最高だよ」

大人組のふたりはすっかりリラックスムードである。

「先生、どうして個人の別荘なのにこんな立派な温泉があるんですか？」

そう問いながら朝姫は早々と湯から上がり、浴槽の縁に腰かける。

「古いペンションを別荘にリノベーションしたんです。その名残ですね。お客様をご招待することもあるだろうと、私の両親があえてそのままにしたそうです」

「それで建物はオシャレなのに、お風呂場は趣がある感じなんですね」

朝姫は納得した様子で、あらためて風呂場全体を見渡す。

「広いから思わず泳ぎたくなっちゃいますね」

「気持ちはわかります。私も子どもの頃は母の目を盗んで泳いでました」

朝姫の感想に、紫鶴は幼かった頃を思い出して笑う。

「あー気持ちいい。くつろぐ……」

ヨルカは肩まで浸かり、無防備な声をこぼす。

疲れがお湯に溶けだしていくような感覚に、表情を緩ませる。

「ヨル先輩、やっぱりおっぱい大きい」

となりで紗夕がお湯に浮いた乳を凝視する。

「紗夕ちゃん、いつからそんなおっぱい大好きキャラになったの？」

化粧を落とし、すっぴんになったひなかは童顔も相まって、さらに幼く見える。

「いや、国宝級の魅力には抗えませんから」

紗夕は昼間の感触が忘れられないのか、両手をわきわきと開閉する。

「自分の胸で我慢しなさいッ！」

ヨルカは警戒するように胸元を腕で隠す。

「自分のものと他人のものは別物ですよ」と紗夕は自分の胸を両手でぞんざいに持ち上げる。

ヨルカほどではないが、紗夕も高校一年生にしては大きい方だ。しかもまだ成長中。

紗夕はぐるりとお風呂場の女性陣を見渡す。

「サイズでは神崎先生が断トツのトップで、そこに有坂姉妹が続くって感じですかね。くぅー同じDNAって強いッ！　そこにバランス型のアサ先輩。ひなか先輩はかわいらしい大きさですね。いやぁ目の保養です」

「……紗夕ちゃん、絶対に男子にはバラさないでよ」

無邪気に品評する後輩に、女性陣は眉をひそめ、咎めるような視線を注ぐ。

「当たり前ですってば。情報とは独占してこそ価値があるんですから。ところでヨル先輩」

「なに？」

「やっぱり、最近はきー先輩が育ててるんですか？」

「そんなわけないでしょ！」

裸の付き合いの無礼講とばかりに、紗夕は遠慮なく質問する。

「恋人なのに、きー先輩ってばよく我慢できますね。私ならもいじゃいそう」

「果物と一緒にしないで！」

「男の子にとっては禁断の果実ですよ」

「くだらないこと言って」と朝姫は冷笑する。

「スミスミはそのへんちゃんとしてるんじゃない？」

ひなかが話の流れを変えようとフォローする。

「ちょっと、ヨルちゃん！　お姉ちゃんは許さないからね！」

アリアは聞き捨てならないと、すかさず口をはさんだ。

「お姉ちゃんまで乱入しないで！」

いくら身内とはいえ、そのあたりまで興味をもたれるのはヨルカとしても反応に困る。

「あの、仮にも担任教師のいる前であまり赤裸々すぎる話は控えてもらえると」

紫鶴は気まずそうだった。

「油断したらダメよ、紫鶴ちゃん！　夏休み明けに保健室に相談しに行ったっていう女の子の話なんて、毎年いっぱいあったんだからね！　ちゃんと担任として、そのあたりは目を光らせといてもらわないと」

「確かにそういった事案は毎年のように聞きますが……」

生徒達のいる手前、紫鶴はどう答えたものかと言葉を選ぶ。

お風呂場でのガールズトークはますます盛り上がる。

「幸波さん。少しよろしいですか？」

入浴後、紗夕がリビングでソファに座っていると紫鶴が声をかけてきた。

ふいのことに紗夕は緊張する。

さすがにさっきははしゃぎすぎたかと、自身の振る舞いを省みながら身構える。

「そんなに硬くならないでください」

湯上がりに冷たい飲み物を手にしながら、ふたりはテラスに出た。

夕暮れの涼しい風が火照った肌に心地よい。

「あの、神崎先生。今さらですけど私まで来てよかったんですか？　学年も違うし、担任の生徒でもないのに」

「ええ、もちろんです。幸波さんが私の両親に物申してくれたおかげで、こうして教師を続けられています。皆さんには感謝してもしきれません」

「あれは、私なりの罪滅ぼしですから」

「大げさな言い方をするんですね」

「だって、あの、春先に例の噂の件で茶道部にも迷惑かけたし」

「幸波さん。当の瀬名さんと有坂さんが納得している以上、私から言うことはありません。だから噂は事実無根だったのです」

「ほんとうにすみませんでした」

紫鶴は、思っていた以上に紗夕が気に病んでいたことに気づかされる。

紗夕は、申し訳なさいっぱいに身を縮こまらせている。偶然とはいえ自分のせいで噂が流れてしまったことを必要以上に反省していた。

間違えるのが子どもなら、それを反省して成長できるのも子どもの特権だ。

失敗を失敗のまま負の記憶として終わらせるのは、教育者としての神崎紫鶴は許せない。

紫鶴は本題を切り出す。

「私は咎めたいのではなく、あなたにお願いがあるのです」

「どういうことですか？」

「――茶道部に入りませんか？」

「え？」

あまりにも意外な紫鶴の誘いに、紗夕は我が耳を疑った。

「あの、今さらマズくないんですか？」

「構いませんよ。せっかく体験入部に来ていただいたご縁もあります。もし幸波さんにご興味がまだおありなら、茶道部顧問として歓迎しますよ」

「だけど……」

「私は期待している人をいつも単独指名するんです。瀬名さんなんてそれで二年連続でクラス委員ですよ」

紫鶴は涼しい顔で告げる。

「きー先輩って先生にずいぶんと信頼されているんですね」

「あなたも同じですよ。ぜひ前向きに検討してみてください」

「……考えて、おきます」

そう答えるのが今の紗夕には精一杯だった。

いみじくも瀬名希墨と同様に幸波紗夕もまた、神崎紫鶴の言葉に心動かされつつあった。

「喜べ！　紫鶴ちゃんが高いお肉を用意してくれたぞ！」

アリアさんのかけ声に、俺達男子は雄叫びと共に腕を天に突き上げる。

「料理上手の紫鶴ちゃんとヨルちゃんが材料の下処理、それ以外は外でバーベキューの準備ね。行くよ、ボーイズアンドガールズ！」

アリアさんは当然のようにテキパキと指示を出す。

「アリアさん、めちゃくちゃはしゃいでますね」

「みんなでバーベキューって楽しくない？　私、野外での食事って結構好きなんだよ」

「俺も好きですよ。とりあえず男子は力仕事ですかね」

すでにキッチンでは神崎先生とヨルカが見事な包丁捌きで次々に食材をカットしていた。

ここに滞在中は自炊なので、料理が得意なふたりがいる安心感はすごい。

まず包丁の音がリズミカルだ。食べやすい大きさに食材が次々と切り分けられ、下処理が手早く済まされていく。最低限の会話のみで澱みのない連携を見せるふたりの仕事ぶりはプロの厨房かと見紛うほどだ。

ヨルカはわざわざマイエプロンを持参してきた。

その姿もとてもかわいい。

鮮やかな包丁捌きをしばし眺めていたい気持ちに駆られながらも、俺も外の準備に向かった。

蚊取り線香の煙が夕暮れの庭に漂う。

露出している首や手足に虫よけスプレーを吹きつけて、軍手着用でいざ準備完了。

過去に何度かこの別荘を訪れたことのあるアリアさんは、勝手知ったると案内する。

俺達は協力して物置からバーベキューセット一式を搬出する。

「なんでも揃ってるんですね」

俺は整理整頓された物置きの用具の充実ぶりに感心してしまう。

「お堅そうに見えて、紫鶴ちゃんのお母さんってパーティーが好きなのよ。人をもてなすのが楽しいみたい。もしまた会う機会があったら、いっぱいごちそうしてもらえるよ。その代わり、めちゃくちゃ食べさせられるけど」

「今度ご両親に会ったら俺は殺されますよ」

威圧感のあるご両親に神崎先生の代理彼氏として会った俺は、相当肝を冷やした。

「本気で嫌われてたら、こんな別荘まで招待されないって」

「どうせ俺は小心者ですよ」

「大事な妹を攫った男の子がなにをご謙遜なさる」

アリアさんにちょいちょいと指で突かれる。

「そりゃ、ヨルカを大事に想う気持ちはアリアさんにも負けてません」

俺は大真面目に答える。

「――私と本気で張り合おうなんてヨルちゃんとスミくんくらいだよ」

アリアさんの顔が少しだけ寂しそうに見えた。

「あ、炭がちょっと少ないかな。念のため薪割りしておこうか。余れば焚き火すればいいし」

薪割りは七村に一任された。

斧で薪をつかいやすい大きさに割っていく。身体の上手な使い方をわかっている七村は特に苦戦することなく、割られた薪は均等な大きさだった。見事なものである。

俺はバーベキューセットに炭と着火剤をセットする。火種を灯し、うちわで風を送りながら火を起こしていく。

女子はテーブルに食器やお箸、飲み物を運んでいた。

「アリアさん、ずいぶん慣れた感じですね。正直意外です」

俺が火加減を調整している様子をアリアさんは横で見守っている。

「大学の研究室でよくバーベキューするからね。野外で食事するのも開放的で好きだからさ。まぁこうやって私はビール片手にもっぱら指示するだけだけど」

「まだ肉の一枚も焼けてないですけど」

「美少女達の勤労する姿を眺めるだけでも、いい肴になるのよ」

「海でもまぁまぁ飲んでいたのに。あんまり深酒しないでくださいよ」

俺は本気で心配になる。

「酔い潰れた時はまたスミくんが介抱してよ」

「そんな醜態を晒したらヨルカにまた禁酒させられますよ。というか、あの時はよく我慢できましたね」

「あの時は、まぁ一種のケジメみたいなものだよ」

「俺との約束、ちゃんと覚えてますか？」

「疑うならもう一度指切りする？」

「その反応なら大丈夫そうですね」

火の勢いが安定してきたのを確認して、俺は網や鉄板を置いていく。

全体に熱が行き渡ればいつでも肉が焼ける。

「ねぇ、スミくん。私はいつも企んでるわけじゃないんだよ。ふつうに話してたら、聞いてた方が勝手に焚きつけられちゃっただけ。あ、飲み終わっちゃった」

アリアさんは空になった缶をテーブルに置こうとする。

「あっちにゴミ箱を用意したので、そっちに捨ててください」

「じゃあスミくん、任せた」

はいプレゼントとばかりに俺に渡そうとする。

「甘えないでください」

「私、お箸より重たいもの持てなくて」

「３５０㎖の缶ビールを自分でしっかり空にしたでしょう」

唐突にお金持ち属性を発揮しないでほしい。

「ついでにもう一缶よろしく」

「セルフサービスで」

「火の方は、私が見ててあげるから」

「アリアさん」

「スミくん厳しい」

「アリアさんってナチュラルに世話されるのに慣れすぎですよ」

「四六時中見守ってもらえないと死んじゃうかも」

冗談を飛ばすアリアさんは実に楽しそうだった。

「ほんと、退屈しなさそう」

「うん。私と一緒なら楽しい人生を保証してあげよう」

アリアさんの笑顔が魅力的で俺は思わず見惚れてしまう。

「なに、私の顔をジロジロ見つめて」

「ただ、綺麗な顔してるなって再確認しただけですよ」

「……急に褒めるなよ。なんか、調子狂う。あ、スミくんやってくれないから自分でお代わりとってくる！」

アリアさんは空き缶をもって、急に行ってしまった。

神崎先生とヨルカの手によって下処理された食材が次々とバーベキューセットの網の上に並べられていく。

神崎先生の家では鍋奉行だったアリアさんは、本日は焼き肉奉行。サシの入った高級牛肉を上手に焼いていた。慌てず騒がず、細心の注意を払って肉の焼き加減を見守る。

「うぉ、美味そう」「肉汁が輝いておる」

俺と七村は箸と皿を構えて、肉が焼き上がるのを今か今かと待っていた。

「はい、OK。食べてよし！」

「「いただきまーす‼」」

飛びつき、焼きたての肉を口に放りこむ。

熱い。そして肉の脂が甘くて美味い。今日はよく身体を動かしたからカロリーが染み渡る。

「あ、お肉すごくやわらかい。すご」

朝姫さんも高級牛肉の旨みに感動している様子で、表情がほころんでいる。

「外で食べるのってなんか楽しいね」

みやちーも堪能しているようだった。

「こっちのエビもプリプリですね」

紗夕は幸せそうな顔で、食べやすいように殻をむいた状態で焼かれたエビを味わう。

「まだまだお肉はあるので、みなさん遠慮せずに」

「野菜もちゃんと食べてね。あと締めに焼きそばも作れるから」

キッチン組の神崎先生とヨルカが声をかけてくる。

火の前に待機している男子組の食欲はとどまることを知らない。

もはや焼けた肉を端から食べていくわんこそば状態だった。

「ちょっと、きー先輩。そこのお肉、私が狙ってたんですけど！」

「甘い。早いもの勝ちだ」

「ぶぅ！　食い意地張りすぎ。どいてください」と紗夕も割りこんでくる。

「はい、じゃあかわいい子優先ね」

焼き肉奉行のアリアさんは、いい焼き加減の肉を紗夕のお皿に載せていく。

「わぁ、ヨル先輩のお姉さんやさしい！」

「あたしも、そっちのお肉食べたいです！」

「いいよ。宮内ちゃんも好きなだけお食べ」

「わーい！」

アリアさんはリクエストされるままに、食べごろのお肉をみやちーのお皿に載せる。

「「ちょっと！　男女差別反対！」」

すかさず俺と七村はクレームを入れる。

「男子はがっつきすぎ。少しは野菜も食べなさいって」と肉ではなく焼けた野菜を皿いっぱいに盛られる。

「野菜も美味しいんだけど、肉の魅力には勝てないんだよな」

「なにより単純に量を食いたい」

俺も七村も皿の夏野菜を素早く食べ終わり、再び肉を求めて火の前に立つ。

「スミスミ、ななむー。これは早食い競争じゃないんだよ」

「そーですよ。美味しいものはみんなで分かち合うべきです」

みやちーも紗夕も、俺達のがっつきぶりに呆れていた。

「お肉、多めに買ったつもりだったのですが。足りますかね」

神崎先生はどうしましょうかと、食材の減り具合を心配する。

「運動部の七村はともかく、希墨くんもそんな食べるんだね。なんか男子って感じ」

朝姫さんは意外そうだった。

「希墨はけっこう食べるよ。いつもお弁当は多めに作るけど、綺麗に空にしてくれるし」

「……有坂さん。さらっと恋人マウントとるのやめてくれない」

「ごめんなさい。わたしには別に驚くようなことじゃなかったから、つい」

ヨルカと朝姫さんの視線がぶつかり、バチっと火花を散らす。

「ヨルちゃん、先に焼きそばの麺もってきて。このままじゃ飢えた男子にお肉を食べ尽くされちゃう。焼けたらテーブルに運ぶスタイルに切り替えます。食べる専門の人は着席！」

焼き肉奉行が見かねて、的確な采配をした。

「あの、きー先輩、ヨル先輩、ちょっといいですか？」

バーベキューの途中、俺とヨルカがふたりになったタイミングで紗夕が声をかけてくる。

ずいぶんと緊張した顔をしていた。

「どうした、あらたまって？」

紗夕は言うか言うまいか迷っているようだった。いつもハキハキ話す子にしては珍しい。

「はい。あ、けど、ちょっと図々しいお願いというか」

「またヨルカのおっぱいを狙ってるのか？」

「真面目な相談ですッ！」

緊張を解いてあげようとした俺の冗談を、紗夕は全力で否定した。ヨルカからも肘で突かれる。

「おふたりにお許しをいただこうかと……」

「お許しって、また堅い言い方だな」

「実は神崎先生から茶道部に入らないかって誘われまして」

「紗夕はどうしたいんだ？」

「私もできれば入部したいと思ってます！」

紗夕はしっかりとした声で答えた。

「じゃあそうすれば。なぁヨルカ？」

「うん。紗夕ちゃんにその気があるなら、わたしもそれが一番だと思う」

俺もヨルカも異論はない。

というか、なんでわざわざ俺達に許可を求めるんだ？

「おふたりには特にご迷惑をかけましたし……」

「紗夕も律儀だな。神崎先生が許可出してるなら、それで問題ないぞ」

「むしろ紗夕ちゃんがいてくれたから、この瀬名会ってグループができたのよ。わたし的には逆に感謝したいくらい」

瀬名会発足のきっかけとなったカラオケも、思えば紗夕との再会が発端だった。

みんなでカラオケに行かなければ、こうして瀬名会は結成されなかった。

ひいては神崎先生のお見合い話を回避することもできなかった可能性もある。

この後輩の行動が、案外と俺達に変化をもたらすきっかけになっているのかもしれない。

「だから紗夕、もう気にするなって」

「茶道部って文化祭でお茶を点てたりするんでしょう？　ふたりで遊びに行くから、その時は紗夕ちゃんお願いね」

「はい！　そうなるようにがんばります」

紗夕は晴れやかな表情で笑った。

全員が満腹になった頃には、すっかり日は暮れていた。

アリアさんが焚き火をはじめると、そこに女子が集まってマシュマロを焼いたりしている。

朝姫さんだけがひとりテーブルに座ったままで、温かい紅茶を飲んでいた。

「朝姫さん、ちゃんとお肉食べれた？　俺と七村で食べすぎたかな？」

「うん、大丈夫。もうお腹いっぱい。夏場は食が細くなりがちで」

「お祭りの時もだけど、暑いの苦手なんだね」

「今日は海で泳いだ疲れもあるのかも」

「そっか。無理しないでね」

「心配ありがと」

朝姫さんはいつもよりも大人しい。

だが、テーブルに置かれた朝姫さんのスマホは先ほどからやたらと震えていた。何通もメッセージを受信しているようだ。

「別に気にせず確認していいよ」

「いいの。返信したら、また連投されるだけだし」

「もしかして花菱？」

「そう。夏休みに入ってからしつこくてさ。こっちが一なら、あっちは十も二十も返してくるんだよ。同じペースでラリーできない相手ってほんとしんどい。疲れちゃうよ」

朝姫さんがため息を漏らす。

基本受け身のモテ男である花菱がこれだけ積極的なのだから、体育館であいつが言ってたように朝姫さんには相当本気らしい。

「朝姫さんが音をあげるってよっぽどだね」

「……ほんと、今の希墨くんみたいに気遣ってくれる一言だけで十分なのよ。なのに一方的に自分の話ばかりしてくるし。別にこっちは訊いてないし興味もないのにって感じ」

いつもの愛想のよさはどこへやら、朝姫さんは苛立ちを隠さない。

まぁ花菱というか、恋する男子は好きな女の子となんでもいいから話したいと思うものだ。ただ会話を重ねるだけで相手の興味を引ければ苦労はない。好きだからこそ上手く話せず、空回りしてしまう。

恋する男子はどうしたって不器用になる。

俺も去年ヨルカと話すために美術準備室に通ったが、告白のOKをもらうまで両想いだったとは気づかなかった。

「よかったら一緒に食べて。文倉さんも」

ヨルカは、焼いたマシュマロをビスケットではさんだものを皿に載せてもってきた。

「あ、ありがとう」

「ヨルカ、下準備お疲れ。おかげで美味しい夕飯だったよ」

「神崎先生が奮発していい食材ばかり買ったからよ。あの人、顔には出さないけど結構楽しんでるみたい」

「そうなのか？」

「間違いない。キッチンで鼻歌交じりに野菜切ってたもの」

神崎先生は旅行に来ても相変わらず表情の変化が少ないから、そんな風には見えなかった。

またもや朝姫さんのスマホが振動をはじめた。

「ごめん、うるさいよね。サイレントにしようか」

「人気者は大変ね」

「……どうしたの、有坂さん。なんか変なものでも食べた？」

朝姫さんはスマホに伸ばしかけた手を止め、不審そうにヨルカに目を向ける。

「いい機会だし、支倉さんとはもう少し相互理解を深めようと思って。わたし達の仲って引くに引けないところからはじまってるから」

そんな風にヨルカは自分の口から朝姫さんとの対話を求めた。

「そうだよな。せっかく旅行に来てるんだから、いろいろ思うところは打ち明け合おうよ」

俺は賛成する。

ヨルカと朝姫さんが仲よくなるなら、それに越したことはない。

どうあっても来年三月までの残り半年は同じクラスメイトとしてすごすのだ。

誤解や行き違いをなくせば、無用なストレスが減らせるかもしれない。

「せっかく海に来たのに明日は雪かな」

「暑さが和らいでいいじゃない」

「そうね。クラス委員としても協力的な仲間が多い方がメリットあるもんね。それで、なにを話したいの？」

朝姫さんも同意する。

おぉ、なんだかいい感じの滑り出しだぞ。

歴史的な会談に立ち会ったような気分で、俺はふたりに友好関係が生まれることを期待してしまう。

「わたしにとっての理想はあなたの完全撤退、よくて停戦。そこに付随する細かい条件の調整を望む」

「希望としては私もほぼ同じ。無闇に争うのはお互いに消耗するだけだし、段階的に協調できるなら譲歩もやぶさかではない」

ヨルカは感情を表に出さない醒めた顔つきで、朝姫さんは万人受けする微笑を浮かべてテーブル越しに言葉を交わす。

「敵国同士の外交かよッ！」

えらい事務的な条件交渉がはじまって、俺は思わず声を上げてしまう。

「そうだけど」

「希墨くんはちょっと黙っててくれる」

あくまで交渉のテーブルに着いただけらしい。双方ともに腹の読み合いをしながら自分に有利な条件を引き出す気満々だ。俺は大人しくマシュマロサンドビスケットをかじる。

「最初に確認するけど——大人しく諦める気はない？」

「ありえない」

「うん。わたしが逆の立場でもそうする」

ヨルカは予想していたことばかりに、この件についてあっさり流す。

「次に、わたし達の前提に齟齬がないかを確かめたい」

「どうぞ」

ヨルカの淡々とした質問に、朝姫さんも悠然と答える。

「瀬名会という集まりはこれからも維持する。これには支倉さんも異論ないよね？」

「もちろん。来年もみんなが同じクラスになれるとは限らないし、そもそも紗夕ちゃんは学年が違うわけだし、この瀬名会ってグループは引き続き必要だと思う」

「瀬名会の存続には双方賛成と」

おかしい。ここだけ空気が重い。

夏なのに、やけに肌寒く感じるのは日が落ちたせいだけではない。

俺が焚き火の方に目を向けると、こっちを巻きこむなとみんなの目が訴えていた。

あの神崎先生でさえ顔を逸らす。

アリアさんは、降って湧いたようなこのプチ修羅場に爆笑しそうになるのを必死にこらえる。

例によって今回も助け舟は期待できないらしい。

いや、学食の時みたいにかき回されるよりはずっとマシだけどさ。

「なぁヨルカ、朝姫さん。このやりとりって長引きそうじゃない？　俺はシンプルにふたりがもっと仲良くなるだけで大概のことは丸く収まると思うけど」

たまらず俺はぶっちゃける。

今までのように顔を合わせるたびに喧嘩腰になられると、周りにいる全員も疲れてしまう。

「希墨、誤解しないで。純粋に好き嫌いの問題ならお互いに無視すれば済むことよ。相手に敬意を払っているからこそ問題は複雑なの」

「敬意があるなら仲良くしてくれよ」

俺は心の底から懇願する。

「希墨がひとりしかいない以上、それは無理」

「希墨くん。私も有坂さんも別の男にあっさり気移りするほど、惚れっぽい方じゃないの。それはカラオケに行った時からわかっていることじゃない」

おまえら実は仲がいいんじゃないか？

ゴールデンウィーク前、はじめて瀬名会のメンバーでカラオケに行った時のことを思い出す。

あの場で朝姫さんの語った恋愛観に真っ先に共感したのはヨルカだった。

もし好きになる相手が違っていれば、ふつうの女子と同じく恋愛話に花を咲かせる親友同士になれていたのかもしれない。

「むしろ有坂さんがハーレムを許容すれば、いっそ丸く収まるわよ。私は構わないけど」

朝姫さんは実に軽いノリで大胆な発言をしながら、チラリとこちらを見る。

「あ・り・え・な・い！」

「でしょうね」

「恋人をシェアするとかどういう神経してるのよッ！」

朝姫さんの挑発するような発言をヨルカは真に受けているが、俺には本気に聞こえない。

「あくまで提案のひとつよ。自由闊達な議論は可能性を広げるわけだし」

「常識的にありえないから！」

「校内一の格差カップルに、ふつうとか常識を説かれても……」

「どうだっていいでしょう！　わたし達は両想いなんだから」

「都合のいい時だけ常識を盾にする方が卑怯だと思うけど」

「そもそも、希墨はモノじゃない！」

「ハーレムにするかどうか決めるのは希墨くんよ」

まるで四月末に教室で朝姫さんから告白された場面の再現だ。

余裕な口振りで話す朝姫さんとは対照的に、ヨルカは感情的になっていく。
「希墨がＯＫするわけない！」
「別に有坂さんに黙って陰で希墨くんと付き合っても構わないけど」
「そんなの許すわけないでしょうッ！」
完全に俺を置き去りにしてふたりだけで白熱していく。
ふたりとも別に進んで喧嘩がしたいわけじゃない。
ただ、残念ながら折り合いがつかないだけだ。
食べ物なら平等に分け合うこともできる。
だが、人間となれば難しい。
人間は他人に差をつけるのが大好きな生き物だから、特別なものを独占したがる。
特に、恋愛ではなおさらだ。
優劣ではなく、ただ選ばれる者と選ばれない者には絶対的な差がある。
なにせ恋愛と博愛精神は相性が最悪だ。
大切だから、他人に触れてほしくない。
相手からの愛情は、それを独占できることに価値が生まれる。
ゆえに脅かす存在が出現すれば警戒するのは当然の反応だ。
ようやくヨルカは気持ちを落ち着けるように息を整え、静かな声でこう告げた。

「あのね、こうしてみんなで旅行して、やっぱり楽しいってわかった。それはきっと瀬名会のメンバーだからなんだと思う。希墨のことさえ抜きにすれば、わたしは支倉さんとのやりとりを案外と面白いと感じてるみたいなの」

これはヨルカの本心だ。人間関係で嘘をつけるほど彼女は器用ではない。

「だけど、わたしはわたしの好きっていう気持ちを抑えられないし、誰に譲るつもりもない。そのせいで誰かがつらい想いをするとしても、この両想いを手離さない」

ヨルカは澄んだ眼差しで、朝姫さんをまっすぐに見つめる。

感情を衝動のままに発散していた過去のヨルカの強引さは微塵もない。

勇気を振り絞るような必死さもない。腰の据わったような揺るぎない言い方だった。

「だからね、これはやっぱり警告になるのかな。結局、前と同じ繰り返しになるけど――」

「『邪魔をするなら容赦しない。死ぬ気で戦うつもりもないくせに、わたしの男に手を出さないで』、でしょう」

朝姫さんがヨルカを遮って告げた台詞は、以前朝姫さんが俺に告白してくれた場面でヨルカが言い放ったものだ。

どうも正解だったらしく、ヨルカはしばし絶句していた。

「強烈だったからね。一言一句忘れないわよ」

見事に言い当てた朝姫さんの態度はそれでも変わらない。

「有坂さんの台詞をそっくりそのままお返しするわ、って勇ましく言えればいいんだけど、正直私もどうすればいいかわからないの」

朝姫さんは現状打つ手なしと言うように肩をすくめて、あっさり吐露する。

手札を自ら開示するその態度に、ヨルカは戸惑いを隠せない。

「じゃあ、なんで張り合うの？」

「好きの気持ちが冷めないから」

朝姫さんは堂々とそう言い放った。

「有坂さんがそんな風に振る舞えるのって、希墨くんがやさしくて一途な人だからでしょう。そういう人から愛されてるからこその自信。それって私が彼に魅力を感じた部分そのものだもの。だから矛盾するような話だけど、希墨くんが簡単に他の人に靡かないおかげで私の目に狂いはなかったって安心できるの」

「安心？」

「だってそうでしょう。一途だって思ってた人が、あっさり色仕掛けに引っかかったらドン引きするし。短期間で別の人に乗り換えられても、それはそれでちょっと失望するわ。有坂さんもそう思わない？」

「わかるけど……」

ヨルカは面食らったような表情をして、同意するのが精一杯という様子だ。

　その時、緊張でぱんぱんに張り詰めたこの場の空気を破るように、再び朝姫さんのスマホが震え出す。

「あぁ、もううるさいッ！」と叫んで、朝姫さんは乱暴にスマホを掴み、電源を切った。

「ごめん。大事な話の途中なのに」

「要するに支倉さんは、なにを言いたいの？」

　ヨルカは神妙な顔で問う。

「──一途な人がいつまで冷めないのか、一番近くで見続けようと思って」

　安易な現状維持や無闇な我慢とも違う。

　見方によっては、矛盾した態度にも映るかもしれない。

　失恋によって好意を無理に断念させられることに抗い、あくまでも自分の気持ちを偽らない道を選んだ。

「勝ち目が見つかるまで長期戦をするの？」

「どう捉えようとご自由に。私は、私が嫌われることをしない代わりに、片想いもやめないよ。そう決めたの。あぁ、やっと言えた」

　朝姫さんはとてもスッキリした顔をしていた。

　俺とヨルカが付き合っている現実を認めながら、自分の感情を否定しない。

　さらりとした言い方だが要するに──恋愛継続宣言だった。

第十話　夏の魔物

バーベキューの後片づけを済ませた後は、各自で自由行動となった。

外で焚き火を囲んだり、また温泉に浸かったり、部屋で休憩したりと、みんな思い思いにすごす。

俺とヨルカは、追加の買い出しをすべく近くのコンビニまで出かけることになった。

みんなが気を利かせてくれて、ふたりきりで散歩できるよう送り出してくれたのだろう。

まばらな街灯を頼りに、海沿いの薄暗い道路を歩いていく。

会話はどうしても先ほどの朝姫さんのことになる。

潮風の肌寒さを誤魔化すように、ヨルカは繋いだ手を離さない。

「もうあの子と話すの疲れた」

ヨルカはすっかり拗ねていた。

「誰でもあんな話をされれば疲れるよ。あんまり気にするな」

ほとんど発言権をあたえられなかった俺ですら、間近で聞いていて胃が痛くなった。

もちろん肉の食べすぎによる痛みではない。

「……バーベキューを食べた後ならリラックスして話せると思ったのよ」

「それで自分から声をかけたんだ」

「紗夕ちゃんが茶道部に入るって決めたでしょう。ああやって過去の自分を乗り越えようとしてるのが、なんかカッコイイなって」

「あんまり本人を褒めすぎるなよ。すぐに調子乗るから」

「そうやって紗夕ちゃんに先輩風を吹かせるのはよくないよ」

「悪い。気をつけてるつもりだったんだけど」

中学時代の先輩後輩の関係をいつまでも引きずってはいけない。そのせいでトラブルもあった。俺達は高校生で、お互いにまだまだ変わっていくのだから。

「しみついた癖って抜けないわよね」

ヨルカはしみじみと共感してくれる。

「わたしも少しでも成長したい」

「おう、応援してる」

「成長して希墨への負担を減らせればいいかなって」

「別に俺のことは気にしなくていいのに。好きな人から頼られるのはむしろ嬉しいんだ」

「わたしもさ、瀬名会が特殊なグループなのはわかってるよ。みんなに気を遣わせないようにできればって思ってるけど、実際はこうやって気を遣われてるばかりだし」

「みんなヨルカが好きなのさ。気遣いのできる友人達に感謝だな」

「やさしいよね」

「あぁ。自慢の友達だ」

夏の旅先での夜道だ。青臭いことも言いたくなる。

「だけど、なんか支倉朝姫にいいようにあしらわれたのはやっぱり納得いかないッ!」

「白黒つけたら、それで終わっちまうこともあるだろ。少なくとも朝姫さんだって瀬名会ってグループを維持したいってわかっただけでもよかったじゃん」

「わたし、希墨のことがなくても支倉さんと仲良くなれる自信ない」

いつになく弱気なヨルカだが、俺は真逆の手応えを感じていた。

「むしろ俺は朝姫さんに自分から話しかけて偉いなってヨルカを褒めたいくらいだぞ」

「ほんと?」

「あぁ。ヨルカは成長しているよ」

「もっと褒めて」

ヨルカはおもむろに俺の腕にしがみつく。

俺はそのまま彼女の頭に手を伸ばし、撫でてみた。ヨルカは満足そうに目を細める。

「焦ることないさ。コミュニケーション力は場数を踏んで鍛えられるところもあるし」

「あんな、一方的にやりこめられた感じなのに?」

「コミュニケーションは親しくもない相手と意思疎通してこそだ。仲良しごっこができればそれで十分さ」

「仲良しじゃなくて、仲良しごっこなの？」

ヨルカは目を見開き、驚いている。

「第一印象が最悪だったり、なにか間違ったことをしたとしても大した問題じゃない。大事なのは関係性を継続していくこと。時間はかかるかもしれないけど、段階的に評価を上げていけばいいんだよ。最初から百点満点を狙いすぎ」

「で、でも初対面でいきなり好かれる人もたくさんいるでしょ」

ヨルカが誰のことを意識しているのか、俺はすぐにわかった。

「アリアさんは例外中の例外。あんな特殊な人の真似をしてもどうにかなるもんじゃない」

俺の指摘に、ヨルカは小さく喉を鳴らす。

それで長らく苦労してきたのは当の本人が一番よくわかっている。

好例を真似するのは悪いことではないが、自分を見失っては元も子もない。

「というかさ、ヨルカだって俺の第一印象は最悪だっただろ。はじめて美術準備室に行った時の第一声が『邪魔。帰って。消えて』だったじゃん」

思い出しても笑ってしまう。

我ながらあんなファーストコンタクトから、よくぞ付き合えたものだ。

去年の自分に、一年後には有坂ヨルカと恋人になるぞと伝えても絶対信じないだろう。

あの頃のツンツンしたヨルカも今となっては懐かしくて、別種のかわいさがある。

「希墨ッ、話を戻して。わたしのことは置いといていいから！」

ヨルカの目がもう勘弁してくださいと訴えていた。

「結局さ、相手にどう納得してもらうかなんだよ。朝姫さんだって瀬名会には彼女なりの葛藤があるはずなんだよ。その上で、この旅行にも参加してるわけだし。それはわかる？」

「うん」とヨルカは頷く。

「その納得の仕方が、どんなものかは俺達には見えない。たとえ瀬名会をなくしたところで、クラスメイトである俺達は毎日お互いの顔を見ることになる。それは恋愛に限らず、好きな相手や嫌いな相手と長く同じ空間にいなければならない学校生活の難しさなんだと思う」

ヨルカはしばし言葉を咀嚼するように黙りながら、俺の横顔を見つめてきた。

「また口元になにかついてた？」

キスでとってもらうのも悪くないが、いつ誰が見ているとも限らないから自重する。

「クラス委員っていろいろ考えてるのね。神崎先生が指名したのも納得」

「——みんな仲良くは無理でも、程よくは繋がっていたいじゃん」

それが俺なりの希望で、理想だった。

無闇に強要されず、個人の自由を保ちながらも、いざという時には力を合わせる。

それぐらいの緩い結びつきが維持できればクラス委員としては面目躍如だろう。

「ねぇ。希墨って昔からそんな話し上手なの？」

「まさか。赤ん坊の頃は、ばぶーしか言えなかったぞ」

「真面目に訊いてるんだけど」

「そうだな。俺の場合、クラス委員を引き受けたのが大きいかな。立場上、親しい友達以外と話す機会が増えたおかげで成長した自覚はあるよ」

クラス委員ともなれば、ほとんど会話したことのない人とも必然的に話すことになる。

クラスメイトの全員が全員、こちらの指示に素直に従ってくれるわけではない。さらには他のクラスの子や先輩後輩、授業で教わっていない先生など、接触しなければならない人はキリがないほどいる。

やらざるをえないうちに、やれるようになった。

シンプルにそれだけのことだ。

「希墨も成長してきたわけだ。すごいね」

「お、もっと尊敬してくれていいぞ」

「ほんと、希墨は偉いわ。そんなだから、女の子に好かれるのねぇー」

笑顔だけど、地味に八つ当たりをされている気がしなくもない。

「鍛えられたから、トゲトゲしかったヨルカにも告白できたんだぞ！」

「わかってる。はぁー、やっぱりわたしもお姉ちゃんみたいになりたい」

「案外、アリアさんも人に言えない悩みを抱えてるかもよ」

俺みたいな凡人には、アリアさんの胸中を推し量るのは雲を掴むようなものだ。

ただ、神崎先生の家に泊まった時、朝のカフェで話した有坂アリアの言葉の片鱗から、俺はいまだに忘れられない〝なにか〟を感じていた。

「まだ中に入らないんですか？」

「……へぇ、そっちから声をかけてくるとは思わなかった」

暗闇を照らす焚き火を前に、有坂アリアはひとりグラスを傾けていた。

そんな彼女に支倉朝姫がおもむろに近づいてきた。

「となり、いいですか？」

「私と話す気があるなら、どうぞ」

朝姫は返事をする代わりに、椅子に座るアリアの横にしゃがみこんだ。

静寂の中、ふたりはただ座っていた。焚き火の爆ぜる音、虫の音、風に揺れる木々のさざめき。見上げれば東京より遥かに星の数が多い。

「さっきの口喧嘩、まぁまぁ面白かったよ」

「ずっと笑ってましたね」

「だって、まだヨルちゃんと張り合おうなんていい根性してるんだもの」

「学食で私の気持ちをみんなの前で暴いたのはあなたですよ」

「バレバレだったし、そのうち限界はきてたよ」

「おかげであの時は開き直るしかありませんでした。ただ、なし崩し的に自分の気持ちがバレたのは嫌だったんですよ」

「それでわざわざ本人達の前で片想いを続ける宣言をしたんだ」

「いけませんか？」

「あのふたりにつけ入る隙なんてあるのかな？」

アリアの声はひどく冷めていた。

「希墨くんひとりの時ならもしかしたら？」

「甘いよ。それは彼が男の子だからそう感じるだけ。スミくんはやさしいし、できるだけ相手を傷つけないように接する。だけど本気で二択を迫ったら、きちんと選べる子だよ」

焚き火の明かりに照らされるアリアは断言する。

「ほんと、希墨くんのこ、こ、ことには詳しいんですね」

「そりゃかわいい教え子だったし」

「教え子が今や妹の恋人ってどんな気分なんですか？」

「その質問にどんな意味があるの？　文倉さんっていちいち突っかかってくるよね」

アリアは朝姫の方を向いた。

「ただの好奇心ですよ。私、ひとりっ子なので兄弟姉妹のいる感覚ってわからなくて」

「ひとそれぞれでしょう。ずっと仲良しもいれば、ぜんぜん話さないのもいる」

アリアは投げやりに言う。

「有坂姉妹はどうなんです？」

「……似た者姉妹よ。大きく違うのはヨルちゃんには私という姉がいて、私にはいなかった。姉である私が先に生まれて、妹のヨルちゃんはスミくんと同級生。その程度の差よ」

なんてことのない些細な差でしかない、とばかりにアリアは嘯く。

「でも先に出会ったのは、お姉さんの方ですよね」

「だから？」

「私は、恋愛は相性とタイミングだと思ってます。あなたとの出会いが違えば別の未来もあったのかなって」

「その口振り、私とスミくんの相性がいいみたいに聞こえるけど？」

「妹さんに負けないくらいには」

「……下手なことは言うもんじゃないよ」

アリアは自分の小指を見つめる。

「私は、スミくんと約束したからね」

「約束？」

「そう、指切りげんまん。人間関係をかき乱さないでほしいってお願いされちゃったからね」

「壊せば、なにか変わったかもしれないのに」

悪魔の囁きとばかりに朝姫は焚きつけようとする。

「肝心のスミくんが繋ぎとめるから無理じゃない。彼はバラバラだったものを結びつけるのが上手だから。ほんと、紫鶴ちゃんの人を見る目はさすがだよ」

「ずいぶんと大人しくなっちゃいましたね」

朝姫は焚き火を見つめながら失望したとばかりに言う。

「あなたが、私に苛立つ理由を教えてあげるよ」

「嫌いな理由じゃなくて？」

アリアは朝姫の突っこみを無視して、言葉にする。

「ただの同族嫌悪」

「伝説の生徒会長様と私に共通点なんてありませんってば」

「あなたも相手の人となりを見極めた上で、振る舞うのが上手なタイプ。先に頭で考えて動くから間違うことは少ないけど、想定外なことには弱い。いろんな意味でね」

「自覚はありますよ」

瀬名希墨に告白して、有坂ヨルカに乱入されたことを見ていたような口振りだ。アリアの慧眼を朝姫は認めざるをえない。

「だけどさ、しょせん恋愛は理屈じゃない。先に好きという感情があって、好きになった理由なんか後づけ。どれだけ忘れようとしても、好きな気持ちは抑えられない。だから傷つくのも覚悟で今も彼の近くにいる」

ヨルカにどれだけ堂々とした態度をとろうとも、アリアは朝姫のやせ我慢を見抜いていた。

「つかず離れず。それも悪くないよね。スミくんはあなたに気を遣ってくれるし、器用なあなたなら適度に心地いい距離感を保てるでしょう。他の子みたいにそのうち自分の気持ちに決着をつけられるなら問題ないよ。だけど、あなたはまだ諦めていない。そんな状態のまま、あのふたりを眺めているのは心底きついでしょう?」

「まさか恋敵の姉にまで同情されるとは思いませんでしたよ」

「別に同情なんてしてないよ。そこまで興味ないし」

「そうですか」

神経を逆撫でするように聞こえるのは、図星だからだ。

恋が理屈で割り切れるなら、新しい恋を探す方が効率がいい。

適当に恋人をつくって、青春時代の思い出を彩るのも悪くないだろう。

そんなことは朝姫も頭ではわかっている。

「──ま、仕方ないですよね。好きな人に恋人ができて、好きになった理由が浮気もしない誠実なところなわけで。なら飽きるまで徹底的にやるしかありません」

朝姫のあっけらかんとした態度に、今度はアリアが驚く番だった。

「その前向きさは一体どこから湧いてくるんだい？」

「恋愛に絶対もＩＦもありえません」

強い風が吹いて、焚き火の火の粉が舞い上がる。

朝姫はその火の粉に、夏祭りの最後に遊んだ線香花火を思い起こした。

あの時、最後まで残ったのは有坂ヨルカ。

遊びでさえ勝てない己の運のなさを朝姫は呪ったりもした。

だが、勝敗を分けたものの正体はただの偶然だ。

朝姫はそんな不確かなものに屈したくない。

まだ、できることはいくらでもある。

「バカなことを信じていると思います？」

しばしの沈黙の後、アリアに問いかけた朝姫の瞳には赤く燃える炎が映りこんでいる。

「すごく現実的な子だと素直に感心したよ」

「有坂さんと希墨くんの恋は成就してハッピーエンドかもしれませんけど、私の恋はまだ途中ですからね。この後に急展開だって待っているかもしれません」

「ふたりはハッピーエンドのその先を見てるよ」

「辿り着くかは別問題です。私達は高校生ですから」

朝姫はあくまでも現実的に恋愛を考える。

「したたかだな」

「好きでやっていることです。いつかこの恋心が冷める可能性の方がきっと高いと思います。それでも今の気持ちが本物である以上、私は他人の都合で自分の恋を手放さないだけです」

「恋を手放さないか。いい言葉だね」

焚き火の炎は風に揺られて、常に形を変える。

それでもちっとやそっとの風で火が消えることはない。

「私、支倉さんを見直した」

「どうも」

ふいに名前を呼ばれて、朝姫は驚く。

有坂アリアは苦手な相手であり、一番遠い存在だ。だからこそ愚痴や文句をこぼしたところで実害のない相手だと思って、焚き火をする彼女に声をかけた。

朝姫は独り言のつもりで話していたが、いつの間にか話しすぎてしまったと気づく。

「ただの自己満足のために全力を尽くすなんて、本気の青春をしてるね」

「制服を脱いだら、そういうのってできないものなんですか？」

「大人になると壊せないものが増えてくるからさ」

「不自由ですね」と言いながら朝姫は立ち上がる。

「ほんとうにね」

アリアは、缶に残っていたビールを一息で飲んだ。中途半端に温くなっていた。

「お酒、ほどほどにした方がいいですよ。お先に失礼します」

別荘に戻っていく朝姫の足音は来た時より軽やかになっていた。

「無茶を言うよね。こんな旅行、飲まなきゃやってられないのに」

アリアはそう言って、また自分の小指を見つめた。

朝方、寝苦しさから俺は目を覚ました。

昨夜はコンビニへの買い出しから帰った後、みんなでリビングでトランプやゲームをして楽しんだ。

大人組のふたりは途中で部屋に戻ったが、残った俺達は深夜二時すぎまで遊んで騒いだ。部屋に戻る気力も尽きて、そのまま全員で寝落ちしていた。

俺が目を覚ましたのは、腹の上になにか重たいものが落ちてきたからだ。目を開けて見ると七村の脚だった。

脚をどかして、床からそっと身を起こす。みんなはまだ眠っている。

スマホを見ると、まだ早朝の五時だ。

二度寝も考えたが、せっかくなら朝風呂としゃれこもうと俺は大浴場へ向かった。

今なら独り占めだ。

「あー極楽。朝から露天風呂なんて贅沢」

爽やかな朝の空気の中、熱いお湯にひとりで浸かる至福の時間。

「今ならいいよな」

誰もいないのをいいことに、俺は子どもみたいにそっと泳いだ。そのまま広い湯船を隅々まで堪能するように一周すると、入り口から死角となった岩陰で脚を伸ばしてくつろぐ。

そのあまりの気持ちよさに、夜更かしと雑魚寝の疲れが相まって段々と眠くなってきた。

ぼんやりしながら白い湯煙を眺めていると、瞼が自然と落ちてくる。

なんだか世界が遠くなっていく。

どれだけの時間そうしていたのだろうか。

瞼の重たさにいよいよ負けそうになった時。

「お風呂で寝たら風邪引くよ」

耳元で囁かれる女の人の声。幻聴だろうか。

「あぁ……」

わかっていても目が開かない。

「おーい。もしもーし。寝てるの？」

お湯の温もりに意識が溶けてしまいそうな夢うつつの世界から俺はどうにも脱け出せない。

「希墨くん？」

俺の名前を呼ぶ女性の声が聞こえた気がする。

夢なら混浴しても問題あるまい。相手はきっとヨルカだろう。一緒に旅行に来ているのに夢にまで出てくるなんて、我ながらどれだけ彼女が好きなのだろう。

「余裕だなぁ」

どこか呆れたような声とともに、誰かが近づく気配がする。

「……、え？」

お湯が動いて、誰かの肌の感触が俺の腕に当たった。

続いて、なにかに寄りかかられたような感覚がした。

夢なのに重さや感触があるなんて、ずいぶんとリアリティーがあるものだ。

「これでも起きないんだ。大物だなぁ」

「ん？」

俺はしつこい睡魔の居座る頭をゆっくり巡らし、自分の横を見る。

そこにはヨルカ——ではなく、

「朝姫、さん？」

「おはよう。ねぼすけさん」

お風呂仕様に髪をアップにまとめた朝姫さんが、にっこりと微笑んでいた。

「え……、ええ⁉」

眠気が一瞬で吹っ飛び、俺は慌てて飛び退く。

「ちょっと、水すごい飛んだ。顔濡れちゃったじゃない」

「ななな、なんでッ⁉」

「腰を上げたら見えちゃうよ」

バスタオルを巻いたまま湯船に入っている朝姫さんと違って、俺はもちろん全裸。

立ち上がりかけていた俺は、すぐに湯船に身を沈めて背中を向けた。

「え、なんでいるの⁉」

「私も目が覚めちゃったからお風呂に入ろうって思って。ひとりなら泳ぎ放題じゃない。で、岩陰まで来てみたら希墨くんが寝てるんだもん。せっかくだしふたりきりで話そうと思って」

そんなあっけらかんと説明しないで。

「男がいるのに入ってきたらマズいから！　そもそも俺がいるのになんで入ってくるのさ⁉」

ふつうは男がいたら、すぐに逃げ出すだろう。

「え、脱衣所に鍵かかってなかったし、てっきり誰もいないと思って」

しまった。寝ぼけていたから俺は鍵をかけ忘れていたらしい。そこは完全に俺のミスだ。

「けど、俺に気づいたなら引き返そうよ！」

「いっそ混浴ってことで。一応バスタオル巻いてるし。マナー違反は見逃してね」

「いや、それ以前の問題だって！　なに考えてるんだよ！」

「んー裸と裸のお付き合い、みたいな」

朝姫さんは悪戯っぽく笑う。

「いやいやいやッ！」

風呂場で、限りなく裸に近いクラスメイトの女子とふたりきり。

なにこの、嬉し恥ずかしいハプニングはッ⁉

この状況に俺は完全にパニックに陥った。

夢なら今すぐ覚めてッ⁉

「とにかく、俺はすぐ出るから」

俺は朝姫さんを一瞬たりとも見ないように湯船の中を移動して、脱衣所を目指そうとする。

「せっかくの露天風呂なんだよ。もっとゆっくり浸かりなよ」

が、背中にやわらかい感触が押しつけられて俺は動けなくなる。

「――、あ、朝姫さん？」

熱い手が両肩にも添えられてその場で完全に押さえられてしまう。

「肩幅広くて、腕も太い。やっぱり男の子なんだね。女子とはぜんぜん違う」

「ちょっと、朝姫さんッ⁉」

「お願い。少しだけ、時間をちょうだい」

「せめて離れて」

「離れたら、希墨くんは逃げちゃうでしょう」

「だからって大胆すぎるよ！」

緊急事態すぎる。俺はもうどうすればいいかわからない。

「こうでもしなきゃ、真面目な話もできないでしょう」

「服を着ていくらでもできるって！」

「みんなの前では言えないこともあるし」

「どんな話をするつもりなのさ！」

「希墨くん、大きい」

「なにが⁉」

「声」

　俺は口を噤む。

「あんまり騒ぐと、みんなが起きてきちゃうよ」

　あぁ、まずい。それは非常にまずい。

　恋人のいる身で、別の女性と風呂場にいる。

　こんな場面、見られただけでアウトだ。社会的に抹殺されてしまう。

　どういう経緯であろうと言い訳が難しすぎる。

〝淫行クラス委員、恋人以外の女子と朝からしっぽり混浴〟という噂まで流れかねない。

　高校生の夏の旅行でのハプニングで片づくレベルではない。

　致命傷だ。

　夏休みどころか、俺の高校生活があらゆる意味で終了する。

　そんな結末だけは絶対回避しなければならない。

　──夏の魔物は自分の中に棲んでいるだけではなかった。

　どうする？　どうすればいい？

　この場を切り抜けるには、俺はどんな行動をするのが正解なのか。

沸騰しそうな頭に浮かぶ選択肢を検討する。

A　朝姫さんを説き伏せる——無理だ、口では敵わない。

B　強引にこの場から逃走——駄目だ、その後の展開が朝姫さん任せすぎる。

C　夏の魔物を受け入れる——却下だ、それでは完璧な浮気になる。

D　開き直って襲いかかる——アホか、ただの犯罪じゃねえか！

理性がオーバーヒート寸前で、まともに頭が働かない。

考えている間にもピタリと重なったままの朝姫さんの身体。俺は迂闊に動くこともできなかった。

熱いお湯に浸かりすぎて、俺は今にものぼせそうだ。

どうしようもなく心臓が暴れる。肋骨を吹き飛ばしちゃうんじゃないか。

「とにかく、これはマズイよ」

「じゃあ、どんなことならいいの？」

「いい悪いの問題じゃなくて。こんなこと、おかしいよ」

俺はわかってほしいと懇願するように言う。

「ねぇ希墨くんは、私のことが嫌い？」

「そんなわけないって」

俺は即答する。

「『私が嫌われることをしない代わりに、片想いもやめないよ』ってバーベキューの時に言ったよね。希墨くん、今『そんなわけない』って答えたからこれはセーフでしょう」

「～～～ッ、それは詭弁だよ」

俺の背中にさらに重みがかかる。朝姫さんは頭までも預けてきた。

バスタオル越しに感じる女の子の身体のやわらかさが容赦ない。付き合っているわけでもないのに、こんなに密着しちゃっていいのか。

「じゃあ好き？」

「こんな状況で答えるべきことじゃないよ」

ただの言葉遊びで誤魔化されて、物理的に身動きをとりづらくされて、精神的にも拒絶しきれない俺に逃げ場はなかった。

「私ね、もともとは恋愛の優先順位は低かったはずなの。なのに、私に順位を繰り上げさせるくらい好きな人ができたの」

「朝姫さんにとってそれはいいことなのかな？」

「うん。好きな人がいるって、毎日すごく楽しいなって実感してる」

「付き合ってなくても？」

「……私って未練がましい？　しつこいのかな？」

「好きっていう気持ちを止められないのは、俺もよくわかるよ」

いものだ。

感情は本人でさえコントロールできない時もある。向ける対象が大切であればあるほど難しいものだ。

「ありがとう。そう言ってくれると、少しだけ気が楽になる」

朝姫さんの息遣いが荒くなっている気がする。

「少しだけ、か」

「理不尽さに腹が立ってるから。だって好きな人に恋人ができたからって私の恋愛も終わりなの？　他人の都合で私の恋を取り上げられるのはおかしくない？」

「朝姫さん、それは」

「――まだ片想いでいるくらい、いいじゃない」

その言葉は、胸を締めつけるような切ない響きを帯びていた。

誰かを真剣に好きでいることと、好きな人との距離感を詰めることはまったく別問題だ。

恋人のいる相手とは適切な距離を置くこと、というルールは明文化されていない。

だが、暗黙の了解として守るべき行為である。

朝姫さんはそれを必死に守ろうとしている。

そして、本気の恋愛ほど心の痛みをともなう。

「ねえ、希墨、くん……」

弱々しい声とともに、朝姫さんの手が俺の肩から離れる。

「瀬名会のみんなで遊んでる時、いつも思ってるよ。朝姫さんは綺麗で人気者ですごく話しやすくて、なのに一緒にいて楽で楽しい。だけど、朝姫さん。俺は――」

言い終わる前に、俺の背中に触れていた朝姫さんの身体が滑り落ちていく。

倒れるのだと直感して、俺は咄嗟に振り向いて彼女を受け止めた。

巻いていたバスタオルが外れる。

「……水着、着ていたのか」

朝姫さんはバスタオルの下にあの赤と白のストライプの水着を着ていた。両肩のストラップが透明なタイプだったから、俺がうたた寝から覚めた一瞬ではさすがに気づけなかった。

朝姫さんは全身を真っ赤にしていて、明らかにのぼせていた。

彼女は暑いのが苦手と言っていた。かなり無理をしていたのだろう。

「朝姫さん！　しっかりして！　ねぇ！」

「うぅ……」

声をかけても反応が鈍い。

「え、ヤバくない⁉」

先ほどとはまったく別の意味で緊急事態だった。

迷っている暇はない。

俺は湯船に浮いていた朝姫さんのバスタオルを腰に巻いた。

「ごめん、朝姫さん」

彼女を抱き上げて、急いで脱衣所へと運んだ。

「瀬名の瀬名らしさ、ここに極まれりだな。しれっと混浴じゃん」

「スミスミも巡り合わせがいいんだか悪いんだか。トラブルに愛されてるなぁ」

「アサ先輩、暑いの苦手なのにお風呂で泳いでのぼせるなんて。ただの偶然、ですよね？」

「とりあえず支倉さんもなんとか落ち着いたようで安心しました。安心しました、が……」

七村、みやちー、紗夕、神崎先生の耳の痛いコメント。

俺はどう答えたものかと思案する。

「まぁまぁ、おかげで大事にならずによかったじゃん。不幸中の幸いってやつだよ。鍵を閉め忘れた上に、入り口から死角になってる奥の岩場の陰でうたた寝なんてスミくんもかなり迂闊だよね」

アリアさんは俺の耳を引っ張る。

「面目至極もございませんッ。ほんと、アリアさんがすぐに来てくれなかったら、どうなっていたことやら」

「けど、わざわざ水着で泳いだ支倉さんも自業自得。偶然に偶然が重なったおかげで助かったと思おうよ」

俺はどうにもこの人には頭が上がらない。またアリアさんに助けてもらった。

朝姫さんが大浴場でのぼせた後、なんとか自力で脱衣所まで運ぶことはできた。だが、具体的にどんな応急処置をすればいいのか困っていたところ、同じく朝風呂に来たアリアさんが現れた。

水着で床に寝かされている朝姫さんと、右往左往している半裸の俺。

アリアさんは驚きこそすれども、いつものように茶化すことはなかった。一目で状況を察して適切な手当てをしてくれた。

朝姫さんは今落ち着いて、部屋で休んでいる。

まるでヨルカとの朝帰りの噂が出た時の焼き直しのような出来事である。

今回もアリアさんは助けてくれた。

早朝から朝姫さんがそんなことになっていると聞いて、瀬名会の面々は大騒ぎ。

恋人の姉であるアリアさんが証言してくれたおかげで、俺と朝姫さんが風呂場で鉢合わせたことについては深く疑われずに済んだ。

とはいえ、微妙に納得しきれない空気感が漂っていたのも事実だった。

その空気を払拭してくれたのは、誰あろうヨルカだった。

「希墨はわたしに疑われるような嘘はつかないから。説得力をもたせようとするなら、もっと濁すなり端折るなりするでしょう。疑わしくても、きっとほんとうに説明通りだったんだよ」

「お腹空いたし、朝食にしよう」というヨルカの一言によってこの話は終わった。

だが、ヨルカは朝食の間もずっと黙ったままだった。

目も合わせてくれず、食後になって「ちょっと来て」とヨルカがようやく声をかけてきた。

俺達は別荘を出て、海水浴場まで歩いていく。

まだ七時半。海水浴場に人はまばらだ。

そのまま砂浜に下りて、朝の海を眺める。

しばらく会話がないままでいると、ヨルカはいきなり波打ち際に座りこんだ。

「ヨルカ、そこだと濡れるから」

「水着を着てればそんなこと言われないのにね」

「…………」

「風呂場で水着ってなによ」

いつもは綺麗に編みこまれたヨルカの髪が、今はセットされていない。

ヨルカの長い髪が潮風に揺れる。高い波が来れば、服も髪も濡れてしまいそうだ。

「あのさ、今朝のことだけど」

「なにもなかったんでしょう」

「ああ」

「希墨のことは疑ってない。流されない人だってわかってるし、支倉さんを助けるために抱き上げたのは仕方がない。お姉ちゃんの言葉も信じてる。だけど――」

立ち上がって、振り返ったヨルカの目には涙が浮かんでいた。

「心がザワつかないわけないじゃない！」

絞り出すように紡がれたその言葉に、俺の胸は潰れそうになる。

「ごめん」

「希墨は悪くないんだから謝らないでよ！」

泣きながらヨルカは腹を立てている。

もはや濡れるのも構わず打ち寄せる波を蹴り上げた。

「希墨さえいればいい！　親しい友達が増えるのも楽しいの！　だけど、友達が増えるたびに心配事も増えるのが恐いの！　大丈夫だってわかってても気になるの！　疑ってしまう自分の弱さも本気で嫌になるの！」

何度も何度も波を蹴りながら、ヨルカは自分の中の嫉妬心と必死に戦っている。

恋人を独占して、ふたりだけの閉じた関係でいることもできた。

卒業するまで美術準備室で逢うだけの恋人でも十分幸せだった。

だけど、有坂ヨルカを外に連れ出したのは他ならぬ瀬名希墨である。

クラスメイトの前で恋人宣言をして、彼女を外の世界に繋げてしまった。

橋渡し役と自認しておきながら、俺はその役目を十分にこなせず、瀬名会という小さな人間関係の中でさえヨルカを不安にさせている。

「あー弱い自分が情けなくて、悔しくて、イラつく」

頬を手で拭い、ヨルカは空を仰ぐ。

ヨルカの足はいつの間にか海にすっかり浸かっており、脚もスカートもビショビショだ。

「ねぇ、希墨。わたしは成長したい。自分の大好きな人を守れるくらい強くなりたい」

「俺の方こそヨルカを守れているのか？」

「希墨がいるから、わたしは楽しい夏をすごせてるんだよ！」

ヨルカは笑っていた。さっきの涙は自分に対する悔し涙だったようだ。

「ありがとう。そう言ってくれて、よかった」

「うん。それでいつかは希墨を守ってあげられるようになりたい」

俺は思わずサンダルを脱ぎ捨て、海の中にいるヨルカに駆け寄る。

「希墨、ストップ！　なにする気？」

寸止めされたように俺は固まってしまう。

「感極まって仲直りのハグを。この旅行中ふつうのハグはしてないから」

「ただのハグじゃダメよ。今日はお姫様抱っこ」

「……構わないけど、いきなりだな」

わざわざお姫様抱っこを指定する意図を俺は勘繰ってしまう。

「だって今朝は支倉さんを抱き上げたんでしょう。それってお姫様抱っこじゃない。わたしだってまだされたことないのに」

俺の恋人はちょっぴり拗ねていた。

怒って泣いて笑って拗ねて、ヨルカの表情はめまぐるしく変わって忙しい。

付き合う前の有坂ヨルカでは考えられなかったことが、今では当たり前のようにできている。

それはどれほど愛おしくて尊いことだろう。

「これでご満足ですか、お姫様」

海中という半端なく不安定な足元など気合いで克服し、俺はヨルカを離さないようにお姫様抱っこする。

「悪くないけど、ちょっと物足りないかなぁ」

ヨルカは強がりながらも、腕の中で縮こまり、どこか気恥ずかしそうだ。

「どうすればいい？」

「希墨はそのまま動かないで」とヨルカはなにかを企んでるような目をしていた。

「なにする気だ？」

「天罰！」

ヨルカがそのままいきなり首に抱きついてきて、バランスが崩れる。

「わっ!?　待って、嘘、ちょっとッ！」

俺はなんとか持ち堪えようとしたが、無駄だった。

あえなく、ふたり一緒に海に倒れる。

盛大に水しぶきが上がり、さらに上から波が覆いかぶさるように打ち寄せた。

当然、全身ビショビショである。

俺が海から身体を起こすと、ヨルカは大笑いしていた。そのはしゃぎぶりに怒る気力も失せた。

「無茶しやがって。怪我はないか？」

「こんな時でも先にわたしの心配してくれるんだ。希墨やさしい」

「天罰なんだろ。あーもうパンツまで濡れてるよ」

「帰ったら混浴して温まればいいじゃない」

「それはそれで悪くないな。もちろん風呂場での水着はＮＧで」

「調子に乗るな！　希墨のエッチ！」

ヨルカは思い切り水をかけてくる。そのまま飽きるまで俺達は海で戯れた。

幕間三

楽しい時間はあっという間に終わる。

神崎先生の別荘からあたし達は東京に戻ってきた。

最寄りの駅で降ろしてもらう。ヨルヨルはお姉さんの運転するクルマでそのまま家に帰るはずだった。

「お姉ちゃん、ちょっと待ってて。ひなかちゃん、話したいことがあるの」

ヨルヨルはそう言って、あたしを呼び止める。

「どうしたの？」

「あのね、叶さんから誘われたバンドにわたし、参加することにした」

ヨルヨルはいきなり本題を切り出す。

「ほんとに⁉　よかった。メイメイから何度も連絡きてたから」

「だから、ひなかちゃん。――一緒に叶さんのバンドをやろう！」

ヨルヨルは力強い声であたしを誘った。

「わたしが叶さんとの演奏に興味があるみたいに、ひなかちゃんだって歌いたいんだよね？

だから軽音楽部に出入りしてるし、叶さんが困ってるのを放っておけないのだって」

「それはメイメイが友達だから助けたいだけだよ」

「同じだよ。わたしもひなかちゃんの友達だから、わかるんだ」

あたしの目をじっと見つめてくる。

「――傷つくのが恐いのは、好きや本気の裏返しだから」

ヨルヨルは実感をこめて呟く。

「わたしはそれを希墨やひなかちゃんから教えてもらった。ふたりから行動する勇気がもらえたから、後悔せずに済んだ。感謝してもしきれないよ」

もっと早く行動していたら、結末は変わっていたかもしれない。

そんな後悔なら数えきれないくらいしてきた。

自分ひとりでは勇気が出せず、結局行動できない自分に失望する。その繰り返しだった。

「希墨が告白してくれたから、わたしも彼に好きと伝えられた。ひなかちゃんが美術準備室まで来てくれたから、希墨を手放さずに済んだ。ぜんぶ周りの人が勇気をくれたの」

ヨルヨルはそう言ってあたしの手をとる。

「もしも今ひなかちゃんが勇気を出せないなら、わたしが背中を押す。わたしがしてもらったみたいに、ひなかちゃんの力になりたい！」

ぎゅっと震える手であたしの小さな手を包む。

――今は夏で、長袖は着てないから、余った袖で払いのけることができない。

あのブラブラした袖に安心感を覚えていたのは、きっと弱いあたしのお守りだったからだ。

掴みたいものを見つけても容易に手を出せないように手を隠していた。

最初から掴みづらい状態にしておけば失敗した時の言い訳にもなる。

だけど今のあたしにはあの袖がない。そして、あたしの無防備な手を、ヨルヨルが今、しっかり掴んでくれた。

「ひなかちゃんの本気を誰にも笑わせたりしない。わたしがそんなこと絶対に許さない。最高の演奏でひなかちゃんの歌声を支える。だからマイクを握って、一緒にステージに立とう」

「ヨルヨル……」

「わたしは、親友のひなかちゃんと一緒に強くなりたい！」

不思議だ。

ひとりだとあんなに恐かったことが、今はそうでもない。

誰かに強く想われることで、あたしもようやく正直になれた気がする。

ちょっと泣きそうだったから、手を目元にもっていきたかった。

だけどヨルヨルの手が嬉しくて、あたしも同じように親友の手を握り返した。

「力を貸してね、ヨルヨル」

あたしもヨルヨルと一緒に強くなりたかった。

第十一話　恋が終わらない片想いの夏

「ごめん、花菱。私はアンタの告白を受けられない」

文化祭実行委員会の会議後、朝姫は清虎にはっきりと告白の返事をした。

ふたりがいるのは、校舎裏の桜の木の下だ。

花の季節はとうに終わり、今は青々とした葉を茂らせて心地のいい日陰をつくっている。

夏空は高く、遠くで白い入道雲がわいていた。

「まだ瀬名ちゃんを諦めきれない？」

清虎は乱れず、いつものように飄々とした態度で訊く。

「うん。だから他人の好意を逃げ場にしたくないの」

サバサバと語る朝姫の態度はいっそ清々しい。

「報われる恋より、与える愛か」

「妥協の恋より、挑戦の愛よ」

「朝姫はタフだね」

「恋する乙女はチャレンジャーなのよ」

「だとしても相手はかなりの強敵だよ」

振られたにも拘わらず、清虎は朝姫を気遣う。

「アンタはさ、報われない恋が無意味だと思う？」

「さびしいことだとは思うよ」

「決まり。やっぱりアンタとは合わない。そんな感傷、こっちは求めてないもの」

「じゃあ朝姫はどう考えるんだい？」

「自分が納得できるまで恋をしていればいいのよ」

まさしく自ら退路を断つとばかりに清虎を振った朝姫らしい潔さだ。

「納得って？」

「さぁ、片想いに疲れてもういいやってなるか、その人より好きな人ができるか。自分が納得するかたちなんて今は想像できないわ」

「どうして、そこまでするんだい？」

「だって、冷めないんだもの」

逆境に開き直れるしたたかさ、自分に正直であろうとするまっすぐさ。

そのすべてが支倉朝姫の魅力であり、清虎には彼女が夏の日射しよりまぶしく感じられた。

「永遠の愛を証明できない以上、実った恋だけが正解なんてナンセンス」

「朝姫。それでも永遠に報われないことはあるんだよ」

桜の木から降ってくる蟬の声がうるさかった。

「ねぇ、花菱って恋愛経験豊富でしょう。そんなこと言うなら、痛みのない恋の終わらせ方を教えてよ」

しばしの沈黙を経てようやく口を開いた朝姫の声は、わずかに苛立っていた。

「……ごめん。僕には力不足だ。今の朝姫が求めているアドバイスを僕は知らない」

「ずいぶんやさしいのね。むしろ振った私は罵詈雑言のひとつも浴びせられるって覚悟してたんだけど」

「好きな女の子に、そんな酷いことは言えないよ」

清虎はこの期に及んでもあくまでもやさしい。

その在り方は瀬名希墨に少しだけ似ているかも、と朝姫に思わせた。

「けど、私に振られたからすぐに別の恋で慰めるんでしょう」

「どうだろう。僕はこう見えて、それなりにショックを受けているんだよ。きっと僕も人並みにしばらくは君のことを好きでいると思う」

「こんな眼中にない言い方されているのに？」

「朝姫も簡単に諦めきれないくらい魅力的だよ。そんな特別な人に出会えた僕は、とっくに幸せ者だから」

取り繕わない花菱の言葉に、朝姫は少しだけ認識をあらためた。

「……花菱ってただの女好きだと思ってた」

「否定はしないよ。ただ君が誰よりもまぶしい光を放ってて、僕が惹かれてしまったというだけさ」

「物好き。いくらでも選べるくせに」

清虎のいつも通りのクサイ台詞に、朝姫はようやく屈託のない笑顔を浮かべた。

「お互い、特別な人が心にいる相手を振り向かせるのは大変だね」

「けど、代わりなんていないじゃない」

朝姫と清虎はお互いの目を見て、終わりを自覚する。

「とりあえず文化祭を成功させるために、これからも協力してくれ。支倉さん」

「もちろん。しっかり働いてよね、生徒会長」

不思議なもので清虎はさっきよりもずっと支倉朝姫の存在を身近に感じられるようになった。

「バンド名どうしようか？」

夏休みの軽音楽部に集まったヨルカとみやちー、叶ミメイは円座になって頭を悩ませていた。

ヨルカがみやちーの説得に成功して、めでたく文化祭に出るためのバンドを結成することになったのだった。

メンバーはボーカルが宮内ひなか、ギターに俺こと瀬名希墨、ベースに叶ミメイ、キーボードが有坂ヨルカ、そしてドラムは生徒会長の花菱清虎に決まった。

俺達のバンド加入が決まった時点で、もう一度花菱を勧誘しようという話になった。その矢先に、花菱の方から参加を希望するメッセージが届いたのだった。

花菱はドラムの基礎をしっかり身につけている経験者なので、特に心配はないだろう。

叶の腕前も言わずもがな、ヨルカもみやちーも他人様に聞かせるだけの実力がある。

唯一の不安要素があるとすれば、ギター担当の俺だった。

「叶！　バンド名なんか置いといて、俺にギターを教えてくれよ！」

「そんなのどうとでもなるってば」

「なるか！　初心者は練習するしかないんだよ！」

女子達の円座に加わらず、俺は必死にギターの弦を押さえる。なんとか覚えているコードを綺麗に鳴らそうとするが、雑音が混じってしまう。

一刻も早く上達しなければならない。あ、また間違えた。

「セナキスこそ、こっちで一緒に考えようよ」

「そんな余裕ない。バンド名はおまえらに任せる」

「あとで文句言うのはなしだからね」

「いいからちゃっちゃと決めて、俺に教えてくれ」

今は八月の中旬、文化祭の本番は十月。その間に体育祭もあるし、文化祭実行委員としての仕事もある。実質、ギターを練習する時間はいくらもない。

だが、やると決めた以上、俺が足を引っ張るわけにはいかない。

俺が真剣にギターの練習をする横で、女子はあーだこーだと意見を交わす。

音楽好きのみやちーや叶は、バンド名に一家言あるらしく適当なネーミングは許さない。

アイディアはいろいろ出たが、三人全員が納得するものはまだ見つからない様子だ。

「バンド名を決めるのって難しいのね」

ヨルカが率直な感想を漏らす。

「いい感じの単語はもうつかわれちゃってるからね」

「いっそシンプルに、叶ミメイ・バンドにしちゃう？」

行き詰まったみやちーがネタに走る。

「えー嫌だ。もっとセンスいい感じにしようよ。面白系はウチの好みじゃない」

「じゃあメイメイが独断で決めちゃいなよ」

「無理ぃ〜〜。ウチ、こういうセンスはないもの」

叶はお手上げといった様子だ。

「センスいいバンド名って、具体的には？」

　ヨルカはなおも真面目に考えていた。

「単語と単語の組み合わせ、既存の言葉をアレンジする、古めかしい単語をアルファベットにする。あとはバンドに関するエピソードを由来とするみたいな」

　叶が挙げた具体例を受けて、みやちーが冗談混じりに提案する。

「叶ミメイ。ミメイに漢字を当てると美しいと鳴るだから、美しく鳴る音を英語にして、ビューティフル・サウンド?」

「ストレートすぎるし大げさ。しかも本番で綺麗な音が鳴る保証ないし」

　叶はこちらを見てくる。

　俺はその通りと言うように、調子はずれのギターの音をまた鳴らした。

「マネージャーどころか、正式メンバーに格上げされた初心者に過度な期待はするな」

「セナキス、大丈夫だって。最初はみんな初心者だから」

　軽音楽部のカリスマはどうにも楽天家だ。

「とりあえずひなかのアイディアは没ね。そもそもウチの名前は、朝方の未明に生まれたからミメイだってパパが言ってた。夜中に音楽の仕事してて最高に美しく鳴る音が奏でられる時間帯に生まれた娘なんだって」

「生まれた時間帯と音楽好きだからこそのダブルミーニングなんだ。オシャレ」

　ヨルカはミメイの名前の由来に感心していた。

「あたし達ももっとシンプルに考えてみようか。なんか五人の共通点とかないかな？」

　みやちーが仕切り直す。

「クラスメイトじゃないし、同学年？」

「それだと誰と組んでも同じになるよ。もっとウチ達だけの共通することがいいな」

　三人はその場で黙って考えこむも、すぐに同じ答えを言った。

「希墨よね」「スミスミじゃない」「セナキス」

「おい、セナキスミ・バンドとかは絶対やめろよ！」

　瀬名会というグループ名が決まった時と同じ流れを感じたので、俺はすかさず反対する。

　女子だけが集まった時の悪ノリは結構タチが悪い。

「セナキス。文句は言わない約束でしょう」

「まだ決まる前だからセーフ。とにかく別の名前にしてくれ」

「けど、スミスミ繋がりなのも事実だよね。メイメイのマネージャーで、スミスミがいたからヨルヨルが参加してくれたし。あたしや花菱くんも最初はスミスミに誘われたわけだし」

　みやちーはなにか引っかかるものがあるようだ。

「希墨繋がりのバンド。希墨の名前を英語に直訳したら希少な墨……レアインク」

「あ、ちょっとよさげ！　もっと短い方が語呂がいいかも」

　叶も乗り気になる。

ヨルカは手元の紙にアルファベットでＲａｒｅ．ｉｎｋと書く。

「希墨繋がりのバンド。繋がりは英語だとＬｉｎｋ」

ヨルカはパズルを解くみたいに、音を発しながら手元の紙にペンを走らせる。

「ここのＩ・Ｎ・Ｋが一緒だね。これを短くして、さらにバンドだから複数形のＳをつけると。

Ｒ-ｉｎｋｓって書いてリンクスって読むのはどうかな？」

ヨルカは新しい紙に、Ｒ-ｉｎｋｓと書いてみんなに見せる。

文句を言う者は誰もいない。

かくして俺達のバンド名は、リンクスに決まった。


バンド名問題が一段落したことで、叶ミメイによる地獄のギター特訓がはじまった。

普段はゆるい叶も音楽に関しては容赦がない。

その日の練習が終わった頃には指先が痛くて仕方なかった。

「指先が硬くなるまではしばらく痛むだろうな」

疲れていたから夕飯を食べたらすぐに眠くなって、ベッドに倒れこむ。

そのままウトウトしかけていると、アリアさんから電話がかかってきた。

『あ、スミくん？』

「なんですか？　俺、眠いんですけど」

『まだ常識的な時間の電話だと思うんだけど』

「今日はちょっと疲れちゃって」

『ヨルちゃんから聞いたよ。バンドやるんだって？　なんで男子ってモテるためにバンドはじめるんだろうね』

「そんな下心はないですってば」

『まースミくんの場合、モテモテだもんね』

アリアさんが電話の向こうで笑っている気配がした。

「わざわざ電話なんてどうしたんですか？」

『一応この前のアフターフォロー。ヨルちゃんを見ている限り、特に変わった様子はないよ』

「……わざわざありがとうございます。この前の旅行も運転お疲れ様でした」

『いいよ。それくらいは家族枠でのサービスさ』

アリアさんの気遣いが身に染みる。

「朝姫さんがのぼせた時もアリアさんが来てくれて助かりましたよ。ほんと、他の誰かだったら、どう説明したものかと」

『大したことはしてないから』

「……俺は中途半端なことをしてるんですかね？」

　ふと魔が差したように、心にしまっておいた不安を吐露する。

『どうだろ。スミくんやヨルちゃんが本気で支倉さんの存在が嫌ならハッキリ伝えるべきだし、あの子も限界を感じたら勝手に離れていくでしょう。たとえそうなっても、クラス委員の仕事は割り切って振る舞えるタイプだと思うよ。支倉さんも現状維持をご希望みたいだし、スミくん達が許容できるなら気づかないふりをするのが最低限のやさしさじゃないかな』

「人間関係って難しいですね」

『人間関係でゴタゴタしたくないなら近しいところで恋愛するもんじゃないよ。ま、高校生はまだ世界が狭いから難しいだろうけど』

「実感してます」

『やましいことはしてないんでしょう？』

「ヨルカに誓って、してませんよ！」

　俺は即答する。

『惚れた腫れたは青春の醍醐味なんだから、もっと気楽に楽しめば？　恋愛で人生のすべてが決まるわけじゃないよ』

　アリアさんはそっと諭す。

「ありがとうございます」

『感謝なんかいらないよ。それじゃあおやすみ。文化祭のライブ楽しみにしてるよ』

アリアさんはこちらの返事も待たずに電話を切った。

「もう少しだけがんばるか」

いつの間にか眠気が醒めた俺は、再びギターに手を伸ばすのだった。

これから文化祭までの約一ヶ月半、フリーな時間はひたすらギターの練習漬けの日々。

俺のカレンダーに暇な日は当分なくなりそうだ。

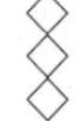

練習室を予約して、はじめてリンクスのフルメンバーが揃っての合同練習が行われることになった。

俺は花菱と練習中に水分補給するための飲み物を買いに行きがてら、あらためて彼に感謝の意を伝えた。

「ありがとう、生徒会で忙しいのにドラムを引き受けてくれて」

「こちらこそ、いい気晴らしになりそうでよかったよ」

「その、朝姫さんから聞いたよ」

「僕がドラムを叩くのは、いつだってストレス解消のためさ。タイミングもよかったね」

「感謝するよ」

「僕と瀬名ちゃんは親友じゃないか」

「むしろ俺をまだそんな風に思ってくれるんだな」

俺は花菱清虎の人柄のよさと器の大きさに頭が下がる思いだ。

「朝姫――いや、支倉さんに振られたことで、僕はまた愛の深淵を学んだよ」

「これ以上モテるようになって、どうするんだ?」

「次の真実の愛でも探すさ」

花菱清虎はどこまでもブレない。

自動販売機で飲み物を買って、練習室に戻りながら俺はふと質問する。

「花菱は、なんで朝姫さんが好きなんだ?」

プリンス清虎は珍しく照れながら答えた。

「……、僕のことを真面目に叱ってくれるから」

人が恋に落ちる理由は、人の数だけ存在する。

「瀬名ちゃんこそ、どうして有坂さんを好きになったんだい?」

「神崎先生に言われてクラス委員になって、ヨルカと話すうちに」

「瀬名ちゃん、僕の目は節穴じゃない。有坂さんみたいな美人と親しく話せるようになれば、誰でも好きになる。そうじゃなくて瀬名希墨という男が感じた特別な理由が聞きたいんだ」

花菱が答えてくれた以上、俺も答えねばなるまい。

「入学してはじめて教室でヨルカを見た時、あんな綺麗な子がいるんだって驚いた。それから、なんで笑わないんだろうってずっと不思議に思ってたんだよ。俺みたいなタイプには高嶺の花すぎて無理でも、そのうち誰かがあの子を笑顔にさせるのかなって遠巻きに眺めるだけだった。だけどいざ話すようになったら——男としての欲が出てきた」

「欲？」

「俺が有坂ヨルカを笑顔にしたい」

「瀬名ちゃんが揺らがない理由に納得だ」

花菱は静かに頷いている。

「独占欲の自覚はあるよ。だから俺はこれからもヨルカのやりたいことを手伝って一緒に成長していくだけさ。俺もまだまだだし」

「好きな子に夢中なるのは男の宿命だけど、無理だけしすぎないでよ」

花菱はなぜか俺のことを心配していた。

「さぁ、いよいよリンクスの始動だね。テンション上がってきたー！」

リーダーの叶ミメイの号令で、各々が楽器を構える。

「敏腕マネージャーにしてギター初心者のセナキスのおかげで無事にメンバーが揃いました。

みんな、参加してくれてありがとう！　これで文化祭のステージに立てるよ」

叶は天真爛漫な笑顔ではしゃぎながらベースを爪弾く。

自己紹介の代わりに担当する楽器を奏でろということらしい。

「僕達だけの音楽を楽しもうじゃないか」

花菱が見事なスティック捌きでドラムを叩く。

明らかに実力的に見劣りする俺にこの先楽しむような余裕なんかできるのか不明だが、ベストを尽くそう。

「よろしく」

ヨルカがさらりとそれだけ言って鍵盤に指を滑らす。

「不思議なメンバーが揃ったねぇ」

ボーカルのみやちーはしっかり握ったマイク越しに笑う。

軽音楽部のカリスマ、生徒会長、学校一の美少女、など一見繋がりのなさそうなメンバーが揃ったバンドが今結成された。

「やれるだけのことをやって、いい思い出を作ろうぜ！」

俺はピックでギターをでたらめにかき鳴らす。

俺が結びつけたこの五人でどんなライブができるのか、段々と楽しみになってきた。

「ねぇ、希墨。わたしのこと、ちゃんと見ててね」

「当たり前だろ」

この夏の最高気温を更新するくらいの熱い日々がこれからはじまる。

了

あとがき

はじめまして、またはお久しぶりです。羽場楽人です。

このたびは『わたし以外とのラブコメは許さないんだからね』四巻をお読みいただきありがとうございます。

両想いラブコメに夏がやってきた！

文化祭準備での登校中に恋人と密会、水着選びや水族館デートに、友達とのお祭りや旅行、海での水着に温泉と楽しいイベントが目白押しの夏休み。

暑い季節で身も心も軽くなれば――夏の魔物も疼きがち？

四巻でヒロイン四人の集合という華やかな表紙になりました。

作者的には、わたラブのシーズン２開幕といった気分です。

みんな、夏に浮かれて大胆になっているのが面白かったですね。一見暴走気味に見えても、それぞれが着実に新しい一歩を踏み出しているのが印象深いです。

そしてお待たせしました、ついに朝姫のターンです。

優等生で人気者の朝姫は空気も読める賢い子。そんな彼女の恋愛継続宣言。

片想いだって立派な恋愛。

揺れ動く自分の気持ちと誠実に向き合う等身大の少女の強さと弱さは愛おしいものです。

最後に謝辞を。

担当編集の阿南様。こちらの悩みや質問に真摯に答えていただき、いつもありがとうございました。引き続きよろしくお願いします。

イラストのイコモチ様。毎回こちらがイメージしたものを１００％以上で具現化していただき、ありがとうございます。四巻は水着回ということでヒロイン６人分の水着という遠慮なしの発注に、贅沢極まりない水着でビーチな最高のイラストで応えてくれました。真夏の楽園はここにある。

デザイン、校閲、営業など本作の出版にお力添えいただいた関係者様に御礼申し上げます。

軽音楽部関係で取材させていただいた皆様、大変助かりました。

家族友人知人、同業の方々、いつもありがとう。

次ページから五巻の予告です。

来たる秋の文化祭、果たして希墨達リンクスはライブを成功させることはできるのか？

新キャラ、生徒会長・花菱清虎や軽音楽部のカリスマ・叶ミメイの活躍にも期待。

それでは羽場楽人でした。五巻でまたお会いしましょう。

BGM：サカナクション『忘れられないの』

楽しかった夏休みも、あっという間に終盤。

夏休み中の文化祭実行委員会の会議も今日で一旦一区切りだ。

朝姫は、希墨から事前に忠告されていた通り、メインステージ担当の業務が思っていた以上に多岐に渡ることを実感していた。

「……、はぁ」

朝姫は業務の多さに、思わずため息をつく。

気を抜くと、脳裏によぎるのは瀬名会の旅行での一件だ。特に露天風呂では大胆すぎることをしてしまったと反省しつつも、のぼせてしまうという恥ずかしい結果になってバツが悪い。

いくら水着を着ていたとしても我ながら攻めすぎた。もしも冗談では済まない展開になっていたら、自分は今頃どうなっていたのだろう。そう考えると勝手に頬が熱くなる。

「どうしたの、朝姫さん。なんかわからないことでもあった？」

「ひゃっ⁉」

そんな相棒の希墨とは相変わらず声をかけてくる。

彼は旅行からしばらくして、ギターを担いで会議に参加するようになった。叶ミメイの新バンド・リンクスのメンバーとして文化祭のステージに立つそうだ。

いつものようになし崩し的に引き受けたという雰囲気はなく、〝絶対に成功させる〟という前のめりな姿勢と揺るぎない覚悟が感じられた。

「え、あっと。その、大丈夫。ちょっと別のことを考えてただけだから」

「そう。ならいいんだけど」

いけない。せっかく希墨が変わらない態度で接してくれるのに、こちらが必要以上に意識しすぎたら仕事に支障をきたしかねない。

朝姫は気分を切り替えようとして、スマホに母親からのメッセージが入っていることに気づく。中身を確認すると、朝姫は血相を変えて廊下に飛び出す。

電話をかけると、母親はすぐに出た。

「お母さん？　――再婚って、本気？」

『……、うん。急に驚かせてごめんね。ずっとお断りしてきたんだけど、彼の気持ちは永久に変わらないってあらためてプロポーズされた。その、だから朝姫にもね、一度会ってほしいの』

どこか恥ずかしがって語る母親の言葉が、耳に入らない。

幼い頃に父を亡くして、母ひとり娘ひとりで親友のような関係でお互い助け合って生きてきた。大学への推薦入学を狙って優等生をしてきたのも、ひとえに母の負担にならないためだ。

なのに、すべてが覆されるように足元がグラつく感覚に急に襲われる。

恐くなって、朝姫は衝動的に通話を切っていた。

第5巻今冬発売予定!!!!

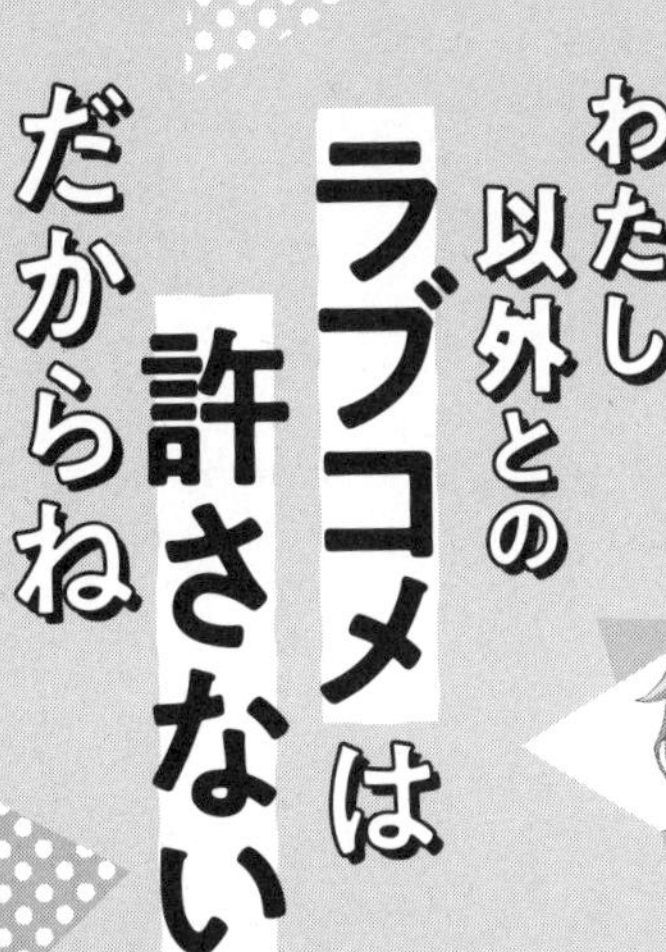

強くなりたい。
お互いの「大好き」のために
成長しようと決めた希墨とヨルカ。
両想いは、さらなる揺るぎない愛を目指していく。

忙しい中、必死にギターの練習に明け暮れる希墨。
次々に押し寄せるトラブルは彼の限界を試していく。
ただの思い出作りでは終われない。
ありったけの想いをこめて今、
愛と青春に燃える文化祭が幕を開ける。

◉羽場楽人著作リスト

「わたしの魔術コンサルタント」(電撃文庫)
「わたしの魔術コンサルタント② 虹のはじまり」(同)
「スカルアトラス　楽園を継ぐ者〈1〉」(同)
「スカルアトラス　楽園を継ぐ者〈2〉」(同)
「わたし以外とのラブコメは許さないんだからね①～④」(同)

本書に対するご意見、ご感想をお寄せください。

ファンレターあて先
〒102-8177　東京都千代田区富士見2-13-3
電撃文庫編集部
「羽場楽人先生」係
「イコモチ先生」係

本書は書き下ろしです。

電撃文庫

わたし以外とのラブコメは許さないんだからね④

羽場楽人

2021年８月10日　初版発行

発行者　青柳昌行
発行　株式会社KADOKAWA
〒102-8177　東京都千代田区富士見2-13-3
0570-002-301（ナビダイヤル）
装丁者　荻窪裕司（META＋MANIERA）
印刷　株式会社暁印刷
製本　株式会社暁印刷

●お問い合わせ
https://www.kadokawa.co.jp/（「お問い合わせ」へお進みください）
※内容によっては、お答えできない場合があります。
※サポートは日本国内のみとさせていただきます。
※ Japanese text only

※定価はカバーに表示してあります。

ISBN978-4-04-913862-7　C0193　Printed in Japan

電撃文庫　https://dengekibunko.jp/

電撃文庫創刊に際して

文庫は、我が国にとどまらず、世界の書籍の流れのなかで〝小さな巨人〟としての地位を築いてきた。古今東西の名著を、廉価で手に入りやすい形で提供してきたからこそ、人は文庫を自分の師として、また青春の想い出として、語りついできたのである。

その源を、文化的にはドイツのレクラム文庫に求めるにせよ、規模の上でイギリスのペンギンブックスに求めるにせよ、いま文庫は知識人の層の多様化に従って、ますますその意義を大きくしていると言ってよい。

文庫出版の意味するものは、激動の現代のみならず将来にわたって、大きくなることはあっても、小さくなることはないだろう。

「電撃文庫」は、そのように多様化した対象に応え、歴史に耐えうる作品を収録するのはもちろん、新しい世紀を迎えるにあたって、既成の枠をこえる新鮮で強烈なアイ・オープナーたりたい。

その特異さ故に、この存在は、かつて文庫がはじめて出版世界に登場したときと、同じ戸惑いを読書人に与えるかもしれない。

しかし、〈Changing Times,Changing Publishing〉時代は変わって、出版も変わる。時を重ねるなかで、精神の糧として、心の一隅を占めるものとして、次なる文化の担い手の若者たちに確かな評価を得られると信じて、ここに「電撃文庫」を出版する。

1993年6月10日
角川歴彦

電撃文庫DIGEST　8月の新刊

発売日2021年8月6日

魔王学院の不適合者10〈上〉
～史上最強の魔王の始祖、転生して子孫たちの学校へ通う～

【著】秋　【イラスト】しずまよしのり

デルゾゲードとエーベラストアンゼッタの支配を奪われ、アノスは神界の門のさらに奥、神々が住まう領域へと足を踏み入れる――秋×しずまよしのりが贈る大人気ファンタジー、第十章《神々の蒼穹》編!!

三角の距離は限りないゼロ7

【著】岬 鷺宮　【イラスト】Hiten

秋玻と春珂との関係のなかで、僕は自分を見失ってしまう。壊れた自分を見直すことは、秋玻と春珂と過ごした日々を見つめなおすことでもあった……やがて境界を失うふたりが、彼に投げかける最後の願いは――。

男女の友情は成立する？（いや、しないっ!!）
Flag 3. じゃあ、ずっとアタシだけ見てくれる？

【著】七菜なな　【イラスト】Parum

友情に落ちるのが一瞬なら、それが失われるのも一瞬のことだろう。今、ある男女の夢と恋をかけた運命の夏が幕を開ける――。シリーズ続々重版御礼!!　親友ふたりが繰り広げる青春〈友情〉ラブコメディ第３巻！

恋は双子で割り切れない２

【著】髙村資本　【イラスト】あるみっく

恋愛事から距離を置こうとする純。自分の気持ちに正直になれない琉実。そして学園一位になって純に正々堂々告白すると息巻く那織。そんな中迫り来る双子の誕生日。それぞれへのプレゼントに悩む純だったが……。

わたし以外とのラブコメは許さないんだからね④

【著】羽場楽人　【イラスト】イコモチ

恋人と過ごす初めての夏休みにテンション爆アゲの希墨。文化祭の準備で忙しくなる中でもヨルカとのイチャイチャはとまらない。夜更かしに、水着選びに、夏祭り。そして待望のお泊まり旅行で事件は起きる……？

アポカリプス・ウィッチ④
飽食時代の【最強】たちへ

【著】鎌池和馬　【イラスト】Mika Pikazo

世界各国から参加者が集まる、魔法ありの格闘トーナメント『全学大会』が始まる。最強であり続けるために、セカンドグリモノア奪回戦で苦戦した汚名返上のために、カルタ達は次世代の最強を目指す猛者達を迎え撃つ！

バレットコード：ファイアウォール２

【著】斉藤すず　【イラスト】縣

『プロジェクト・ファイアウォール』計画がVR上で人の頭脳を用いたワクチン開発であったことが判明。敵のハッカーを倒すことに成功した優馬と千歳は現実世界でも交流を行うが、千歳の姉白亜が現れて――？

ただの地方公務員だったのに、転属先は異世界でした。
新作

～転生でお困りの際は、お気軽にご相談くださいね！～

【著】石黒敦久　【イラスト】TEDDY

市役所で働く地方公務員の吉田公平は、真面目なことだけが取り柄の青年。ある日、いきなり異動命令が下り、配属されたのは、なんと異世界だった……。常識の通じない世界に戸惑う公務員を愉快に描くファンタジー！

無自覚チートの箱入りお嬢様、青春ラブコメで全力の忖度をされる
新作

【著】紺野天龍　【イラスト】塩かずのこ

「食パンを咥えたまま男性と衝突することが夢だったんです！」“青春”にやや歪んだ期待を寄せる変人のお嬢様・天津風撫子。入学早々、彼女に目を付けられてしまった少年・琥太郎の受難な部活ライフが始まる！

はじめての『超』恋愛工学
新作

Lesson1.女子大生に師事した僕が彼女の妹（※地雷系）を攻略してみた

【著】ゆうびなぎ　【イラスト】林けゐ

リア充とかけ離れた日々を送る那央。バイト先の女子・藍夏とも仲良くなることはない……はずだった。だが、藍夏の姉から、なぜか藍夏の彼氏に任命され!?　恋愛メソッドを武器に、地雷系女子攻略に挑む！

二月 公　イラスト／さばみぞれ

声優ラジオのウラオモテ

#01 夕陽とやすみは隠しきれない？

オモテは元気＆清楚なアイドル声優／
ウラはギャル＆根暗地味子な女子高生!?

プロ根性で世界をダマせ！
バレたらアウトの声優ラジオ
Now On Air!!

第26回 電撃小説大賞 大賞 受賞

電撃文庫

豚になった俺が、異世界で美少女といちゃラブ(!?)するファンタジー

逆井卓馬
Author: TAKUMA SAKAI

［イラスト］遠坂あさぎ
illustrator: ASAGI TOHSAKA

豚のレバーは加熱しろ

Heat the pig liver

the story of a man turned into a pig.

　純真な美少女にお世話される生活。う〜ん豚でいるのも悪くないな。だがどうやら彼女は常に命を狙われる危険な宿命を負っているらしい。

　よろしい、魔法もスキルもないけれど、俺がジェスを救ってやる。運命を共にする俺たちのブヒブヒな大冒険が始まる！

グラフィティの聖地で、
俺は"翼をもがれた天才"と
出会う――!
池田明季哉
[illustration] みれあ
オーバーライト
――ブリストルのゴースト
Overwrite
The ghost of Bristol
第26回
電撃小説大賞
選考委員
奨励賞
グラフィティの聖地を脅かす陰謀に
巻き込まれた訳ありコンビ「落書き探偵」。
立ち向かう若者たちの
挫折と再生を描いた感動の物語!
電撃文庫